티라노 세 번 독서

8인의 작가들 메타 소설집 너는 지구에 글 쓰러
오지 않았다

作
中
人
物

meta메타 作家작가 장희원
執筆집필 中중 바나나피시를 위한 완벽한 날
藝術예술 人生인생 現實현실 小說소설 慰安위안
旣制作기창작 物물 『우리의 환대』(문학과지성사, 2022)

"J. D. 샐린저는 『바나나피시를 위한 완벽한 날』에서 한 인물에
대해 보여 주었다. 인물이 떠나고 나서도 이야기는 계속되어야 한다.
우리 모두에게는 이야기가 필요하다."

—장희원

뮤리엘은 모래에 앉아 파도를 보고 있었다. 파도는 아주 천천히, 부드럽게 너울거리다 그녀에게 조금이라도 닿으려는 순간 산산이 부서지며 다시 거대한 바다로 되돌아갔다. 아직 날은 밝았지만 해가 조금씩 저물어가고 있다는 것을 느낄 수 있었다. 더는 피부를 태우는 열기도, 눈을 가늘게 떠야만 견딜 수 있을 것 같은 찬란한 햇빛도 없었다. 이제 물속에 남아있는 사람들은 넷…… 아니, 다섯. 모두 청년들이었지만, 이상하게도 아주 어린 아이들처럼 보였다. 그들은 모두 그림같이 새하얀 이를 드러낸 채 웃었고, 차례로 머리를 물속에 넣었다가 다시 수면 위로 얼굴을 내미는 것을 반복하고 있었다.

먼저 물 밖으로 나온 사람들은 한가롭게 모래사장으로 떠밀려온 유목들을 주웠다. 저녁 무렵이 되면 그때까지 해변에 남아있는 사람들은 나뭇가지를 모아 불을 피운 다음, 완전히 해가 사라지기 전까지 그 곁에 잠시 머물렀다. 옆에 있는 누군가의 어깨에 기댄 채. 간간이 웃거나 낮은 소리로 흥얼거리면서. 일상에 벗어나 오랜만에 휴가를 보내는 사람들의 평범한 모습이었다. 하지만 그녀는 계속해서 이 자리에 있고 싶은 마음이었다. 매캐한 냄새와 함께 타닥타닥 튀는 자잘한 불꽃들이 꺼지고, 하나둘 모든 사람이 떠나가고, 마침내 혼자가 된 자신의 머리 위로 무거운 어둠이 내려앉기를, 간절히 기다리고 있었다.

"여기서 뭐하고 있어요?"

작은 그림자가 그녀의 얼굴 위로 일렁였다. 뮤리엘은 고개를 들었다. 노란색 비키니를 입은 아이가 생글거리며 웃고 있었다. 통통한 아이였다. 여섯 살에서 일곱 살쯤. 아니면 여덟 살일지도 몰랐다. 이 아이의 이름이 뭐였더라? 그녀는 통통한 발목을 내려다보며 잠시 기억을 더듬어보았다. 호텔 로비에서 몇 번 마주쳤던 것 같은데. 아니면 '그 사람'이 피아노를 치고 있을 때 보았을지도 몰랐다. 그는 휴가 내내 모래사장에 누워 있거나, 아니면 피아노를 치며 시간을 보냈다. 그가 피아노를 치고 있으면 이따금 지나가던 아이들이 호기심 어린 눈으로 지켜보다 슬쩍 그의 옆에 앉기도 했다. 부드러운 선율에 맞춰 까닥거리던 구두, 양갈래로 땋은 금발 머리인 뒷모습. 혹은 장난스럽게 도리도리 고개를 돌리던 짧고 붉은 곱슬머리……. 비록 눈 앞에 선 아이의 머리칼이 갈색이었지만, 많은 아이들이 그의 곁을 오고간 탓에 그녀는 그들 중 하나 일 거라고 짐작할 수밖에 없었다.

아이는 둥근 배를 내밀면서 장난스럽게 그녀를 향해 모래를 찼다.

"내 쪽으로 모래를 차지 마, 아가야."

아이는 그녀의 말에 대답도 하지 않고 그 자리에 쪼그려 앉아 자신이 모래를 차는 바람에 생긴 작은 구덩이를 유심히 살펴보았다. 그러다 금세 싫증이 났는지 다시 그녀 쪽으로 돌아보았다.

"언제부터 여기에 있었어요?"

"……모르겠어."

아이는 그녀를 여기저기 살펴보다가 아래를 내려다보았다.

"신발은 어딨어요?"

"잘…… 모르겠어."

그제야 자신이 맨발이라는 것을, 그것도 정말 아주 오래전부터 자신이 맨발이었다는 것을 깨달았다. 하지만 언제 어디서 신발을 잃어버렸는지 기억나지 않았다. 아침에 눈을 뜨면 호텔의 어느 방 안이었고, 일어나자마자 느릿느릿 몸을 움직여 호텔 밖을 나와 바닷가로 향했다. 그러곤 아무 곳에나 주저앉아 바다를 보았다. 시간이 흐른 후 다시 눈을 뜨면 방 안이었다. 혹시 나는 이곳에 갇힌 게 아닐까. 그녀는 익숙한 천장을 바라보며 생각했다. 어쩌면 자신은 유령일지도 몰랐다. 하지만 사람들의 행동거지로 보아, 모두 그녀를 분명히 알아차리고 있다는 것을 알 수 있었다. 엘리베이터 안에서 마주친 한 여자는 머리가 산발인 채로, 온몸에서 바닷바람 냄새가 나는 그녀를 보고 꺼림칙한 표정을 지었다.

"뭘 봐요?"

뮤리엘은 아무런 높낮이 없는 목소리로 그녀에게 물었다.

"네?"

"뭘 보냐고요."

뮤리엘은 여전히 담담하게 말했다. 그리고 새카맣게 변해 버린 자신의 발을 그녀 쪽으로 조금 내밀었다.

"내 발이 보고 싶다면 보고 싶다고 말을 해요."

여자는 그 조그만 발이 위협적이라는 듯 주춤거리며 뒤로 물러섰다.

"그런 식으로 훔쳐보지 말고요."

문이 열리자, 여자는 붉어진 얼굴로 황급히 밖으로 나갔다. 새로운 손님들을 안내하기 위해 버튼을 누르고 있던 엘리베이터 보이도 그녀를 보고 당황했지만, 재빨리 아무렇지 않은 듯 침착한 표정을 지었다. 그는 뮤리엘이 나올 때까지 문을 잡아주었을 뿐만 아니라 다른 손님들을 안심시켰다. 괜찮아요, 놀라지 마세요. 조금…… 힘든 일을 겪으셨을 뿐이에요. 자신의 상황을 얼버무리며 설명하는 그의 목소리가 점점 아득하게 멀어졌다.

호텔에서 일하는 사람들은 대체로 그녀에게 친절한 편이

었다. 출동한 경찰의 조사를 받는 동안에도, 사고를 수습하는데도 그리고 그녀가 모르는 그 밖의 많은 일들에도 도움을 주었다. 늦은 밤까지 바닷가에 앉아 있던 그녀를 데리고 오는 사람도 호텔 직원이었다. 그녀를 알아보는 몇몇 투숙객들이 멀찍이 떨어져서 그녀를 두고 수군거렸을 때, 누군가 뮤리엘의 손을 힘주어 잡았다.

"남편분 일은 잠시 잊으세요."

뮤리엘은 넋이 나간 얼굴로 그녀를 마주 보았다. 호텔 직원 같았지만 정확히 누구와 함께 있는지 알지 못했다. 모든 게 혼란스럽기만 했다. 여자는 손을 잡은 채로 뮤리엘의 얼굴을 바라보다가 이내 그녀의 마음을 안다는 듯이 고개를 끄덕였다. 뉴욕에서 이곳 플로리다로 부모님이 오시는 중이에요. 그러니 그때까지 편하게 계세요. 그냥…… 모든 것을 잊는 거예요. 뮤리엘은 멍한 눈으로 자신의 옆에서 계속해서 입술을 뻐끔거리는 여자를 바라보다가, 다시 아무것도 담겨 있지 않은 표정으로 바닷가 쪽으로 고개를 돌렸다.

아이는 어느새 사라져서 보이지 않았다. 금세 그녀에게서 흥미를 잃고 또 다른 재밋거리를 찾았는지도 몰랐다. 서운하진 않았다. 아이들의 세계는 늘 그러니까. 언제나 신비롭고 따뜻하니까. 어떻게 그런 일이…… 가능한 걸까. 뮤리엘은 자신도 모르게 참았던 숨을 내쉬었다. 덥고 텁텁한 기운이 얼굴에 닿았다. 이제 주변은 전보다 더 붉어지고 있었다.

넷…… 아니, 둘. 바다에 남아 있던 사람들은 둘로 줄어 있었다. 잠시 후 사람들로부터 조금 떨어진 곳에서 세찬 물결이 일어났다. 이내 자그마한 점이 수면 위로 올라왔다. 그 점은 시간을 두고 아주 조금씩, 조금씩 커졌다. 조금 전 그 아이였다. 석양 아래 더 붉게 보이는, 여기저기 햇볕에 탄 아이. 아이는 물 밖에서 나와 그녀를 향해 똑바로 걸어왔다. 물에 젖은 아이의 몸이 어느 각도에서 빛을 받아 번득였다. 하지만 그것은 굉장히 짧은 찰나였고, 뮤리엘은 그런 반짝임보다는, 아이의 윗도리가 온데간데없이 사라진 점이 더 인상 깊었다. 아이는 납작한 맨가슴을 드러낸 채 그녀를 향해 활짝 웃었다.

"제가 아줌마 신발을 찾았어요."

아이는 한 손에는 남자 구두를, 한 손에는 슬리퍼를 들고 있었다. 아이는 달려오자마자 그녀의 옆에 쭈그려 앉아 그녀의 발에 축축한 신발을 신겼다. 구두는 살짝 컸지만, 슬리퍼는 딱 맞았다. 신고 걷기에는 무리가 없을 것 같았다. 불편하겠지만 뛸 수도 있을 것 같았다. 그렇지만…… 이건 내 신발이 아닌데. 하지만 그녀는 바닷물이 뚝뚝 떨어지는 머리카락을 드리운 채 집중하고 있는 아이의 얼굴을 보며 아무 말도 하지 않았다.

"수영복은 어딨니?"

뮤리엘의 물음에도 아이는 대답하지 않고 그녀의 발에 신발이 잘 맞는지 계속해서 살펴보았다. 그리고 축축한 신발을 신은 그녀의 발을 보며 만족스럽다는 듯 고개를 끄덕였다. 아이는 웃는 얼굴로 비밀이에요, 하고 대답하고는 혀를 내밀어 삐뚤빼뚤한 덧니를 핥았다.

"그렇게 있으면 안 될 텐데……"

"왜요?"

뮤리엘은 의외의 말에 조금 당황했다.

"그게…… 점점 추워질 거고…… 그렇게…… 자신을 드러내는 건 부끄러운 일이니까."

아이는 이해할 수 없다는 듯 고개를 살짝 갸웃거렸다. 그리고 자신의 미끈한 맨 가슴을 내려다보았다.

"하지만 이건 그냥 저일 뿐인데요."

아이는 자신을 왜 부끄러워해야 하는지 여전히 이해할 수 없는 표정이었다.

그때 휘파람 소리가 들렸다. 아이가 물 밖으로 나왔을 때부터 이쪽을 보고 있던 청년들이었다. 그들은 아이와 그녀를 보면서 웃고 있었다. 그들은 자신들을 향해 당당하게 마주 보고 있는 아이의 맨몸을 보고 더 높게 휘파람을 불었다. 괜찮아요. 아이는 무표정한 얼굴로 젖은 머리칼을 한쪽 어깨로 넘겼다.

"저 사람들은 아무것도 아니에요."

아이는 본격적으로 뮤리엘 옆에 자리를 잡고 앉았다. 통통한 다리를 뻗은 다음 작게 콧노래를 불렀다. 붉은 살갗에 색색깔의 모래 알갱이들이 붙어 있었다. 청년들은 생각 외로 자신들이 관심을 받지 못하자, 머리 위로 박수를 치고 더 높게 휘파람을 불었다. 그 소리가 뮤리엘을 더 불안하게 했다. 그들은 몇 번 더 야유를 보내고, 세차게 물장구를 치다가 더는 반응이 없자 언제 그랬냐는 듯 다시 머리를 집어넣고 헤엄을 쳤다. 그리고 얼마 되지 않아, 모두 물 밖으로 나가 버렸다. 이제 그들 주변에 남아 있는 사람들은 아무도 없었다.

"거봐요. 이제 우리밖에 없어요. 우리가 주인공이에요."

아이는 의기양양하게 미소 지으며 허리를 반듯하게 세웠다. 짭짤한 소금기가 밴 두 사람의 머리 위로 따뜻한 바람이 한차례 불었다.

이제 지평선은 붉은빛과 보랏빛이 오묘하게 섞여 있었다. 색깔의 경계조차도 모호했다. 뮤리엘은 조금 전보다 한결 선선해진 기운을 느끼며 아이가 이제 자신의 곁을 떠나줬으면 하고 바랐다. 저기 나뭇가지들을 모아 불을 피우려는 사람들 곁으로 가서, 다른 사람들과 함께 온기를 느꼈으면. 원래 자신이 속한 자리로 돌아가 줬으면. 하지만 아이는 떠날 생각을 하지 않았다.

"이 노래는 아저씨가 가르쳐 준 거예요."

뮤리엘의 곁에서 아이는 익숙한 리듬의 콧노래를 부르기 시작했다.

"시빌, 샤론 립셔츠도 이 노랜 몰라. 오로지 너한테만 가르쳐 주는 거야라고 아저씨가 말했어요."

그에 대한 뜻밖의 언급에 뮤리엘은 잠시 숨을 멈췄다. 아이의 이름이 시빌이라는 것도 그때 처음 알았다. 아이는 흥흥 콧노래를 부르다 말고 주위를 두리번 거렸다.

"그런데 아저씨는 어딨어요?"

뮤리엘은 대답하지 않았다. 며칠 전부터 그가 보이지 않는다는 말에 그녀는 잠시 망설였다. 그날, 눈을 떴을 때, 자신의 앞에 있던 크고 작은 파편들이 떠올랐다. 그리고 그 붉은 자국들도. 순간적으로 그녀는 모든 일들을 이 아이에게 털어놓고 싶었다. 그것은 아주 이상한 충동이었다. 어쩌면 혼자서 겪는 이 무거움을…… 조금이나마 나눠 보고 싶은 마음인지도 몰랐다. 그는 스스로 총을 들고 자기 머릴 날려 버렸어. 사실 그대로 담담하게 이야기하고 싶었다. 내가 낮잠을 자고 있을 때 맞은편 침대에 앉아서. 이 이야기를 들으면 아이가 어떤 반응을 보일지 궁금했다. 뮤리엘은 입 안에 고인 침을 삼켰다. 그 순간, 갑자기 거센 바람과 함께 파도가 빠르게 다가왔다. 아, 차가워! 아이는 소스라치게 놀라며 양손으로 그녀의 팔을 붙잡았다. 파도는 아이와 그녀의 발에 닿았다가 다시 빠르게 멀어졌다. 아이는 금세 손을 뗐지만, 바닷물에 젖었던 두 손이 끈끈하다는 것을 느낄 수 있었다. 그녀의 팔에 작은 손자국이 붉게 남았다가 서서히 사라졌다.

"대신 내가 여기 있잖아."

뮤리엘은 조금 떨리는 목소리로 간신히 말했다.

"그 사람이 여기 있었던 것처럼 내가 여기 있잖아. 우린 교대를 한 것뿐이야."

그렇구나. 시빌의 얼굴이 밝아졌다. 뮤리엘도 따라 웃고 싶었지만 그럴 수 없었다. 시빌은 불편해하는 그녀의 낌새를 눈치채지 못한 채 고개를 돌려 바다를 바라보았다. 파도는 그 후로 더는 그들에게 닿지 않았다. 시빌은 살짝 몸을 떨었다. 뮤리엘은 아이가 추워한다는 것을 깨달았다. 아이의 팔에 오소소 소름이 돋아난 것 같았다. 그러게, 옷을 잃어버리지 말았어야지. 뮤리엘은 이아가 조금 더 자신의 곁에 올 수 있도록 자리를 옮겨 주었다. 고맙습니다. 시빌은 조금 붉어진 얼굴로 고개를 들어 그녀를 올려다보았다. 그리고 살짝 주저하다 작은 입술을 달싹거리며 말했다.

"사실…… 바나나피시한테 제 옷을 벗어 주었어요."

"바나나피시?"

"네, 바나나피시."

아이는 고개를 끄덕였다.

"바나나피시가 신발을 물고 있었고, 나는 그걸 찾기 위해서 옷을 벗어 유인해야 했어요. 마침 노란색이라, 바나나피시는 제 옷이 바나나인 줄 알고 입에 문 것을 뱉고 덥석 제 옷을 물어갔어요."

아이는 그녀에게 손가락 두 개를 펼쳐 보였다.

"심지어 두 마리가 제 옷을 두고 싸웠어요. 서로 옷을 물고는 격렬하게 싸우는 바람에 제 옷은 갈가리 찢어졌어요. 게다가 녀석들은 욕심이 많아서, 다른 녀석이 문 것까지 차지하기 위해 순식간에 제 눈앞에서 헤엄쳐 사라졌어요."

뮤리엘은 여전히 의아했다. 바나나피시?

"네. 바나나피시요."

아이는 조금 답답해하는 눈치였다.

"바나나피시는 바나나가 잔뜩 들어 있는 구멍 속으로 헤엄쳐 들어가요. 다른 물고기랑 똑같아 보이지만, 일단 들어가면 돼지처럼 굴어요. 구멍 속에서 나오지 못할 때까지 바나나를 먹어요."

이만큼, 또 이만큼 뚱뚱해져요. 시빌의 양쪽 팔이 바나나피시를 대신해 크게 벌어졌다.

"그리고 어떻게 되는데?"

아이의 눈이 반짝반짝 빛났다. 그 나이 또래 아이에게서 종종 볼 수 있는, 자신의 말을 진지하게 들어주는 어른을 만날 때 보이는 태도였다.

"죽어요. 모두. 남김없이."

뮤리엘은 잠시 입을 다물었다. 여전히 모든 것이 혼란스러웠다.

"그렇다면…… 바나나를 먹지 않으면 되지 않을까?"

그 말에 시빌은 고민에 빠지는 것 같았다. 그녀는 아이의 대답을 차분히 기다렸다.

"하지만 바나나피시는 그걸 원해요. 녀석들은 슬퍼하면서 살거든요. 그러다 자기가 원하는 구멍을 발견한 거죠. 그러니까 뒤의 일 따윈 생각하지 않아요. 너무나 기쁜 나머지 바나나를 먹는 거예요."

계속 그리고 계속……. 아이는 영원히 끝나지 않을 노래처럼 그 말을 덧붙이고 덧붙였다. 뮤리엘은 바다를 보았다. 정말 저 아래, 가장 깊숙한 바닥에서 바나나피시들이 느리게 헤엄을 치고 있을 것 같았다. 비극적으로 떠다니다, 마침내 작고 깊은 구멍을 발견하는 바나나피시.

"아저씨는 자그마치 일흔여덟 개의 바나나를 먹어 치운 바나나피시를 알고 있다고 했어요."

아이는 숫자 일곱과 여덟을 손으로 나타내려 했지만, 그게 되지 않는지 작고 통통한 양 손가락을 전부 펼쳐 보였다.

"그건 거짓말이야."

뮤리엘은 아이의 작은 손을 내려다보며 냉담하게 말했다. 그동안 참아 오고, 억눌러 왔던 감정들이 서서히 한계에 다다르는 것을 느꼈다.

"그 사람이 뭐라고 했든지, 그건 다 거짓말이야. 물고기는 그렇게 먹을 수 없어."

"아니에요."

시빌은 인상을 찌푸렸다. 뮤리엘은 그 모습을 보면서 자신이 얕은 쾌감을 느끼고 있다는 것을 깨달았다.

"그는 이상한 사람이야. 휴가에 와서도 딱히 할 일 없이 이 자리에 앉아 있기만 했잖아."

뮤리엘은 그간의 모든 일들도 이야기하고 싶었다. 그의 기이한 행동들과 자신의 부모님을 비롯해서 많은 사람이 그를 두고 정신이상자라고 했던 일도 털어놓고 싶었다. 아주 옛날, 결혼을 앞두고 너무나 행복해지는 게 두렵다며 도망쳤던 일, 그 후 전화를 걸어와 전쟁이 벌어지는 이 세상에서도 자신을 사랑한다며 울던 일. 그 사람은 새벽마다 울다가, 화를 내다가…… 정말 종잡을 수 없었어. 그래서 사실 그날 눈을 떴을 때, 나는…… 놀랍지 않았어. 별로 무섭지도 않았어. 언젠가 이렇게 될 거라는 걸 알았던 것 같아. 어쩌면 자신이야말로 정신이상자일지도 몰랐다. 그래도 상관없었다. 자신의 이런 모습이 부끄럽지도 않았다. 그저 자신에 대해서 남김없이, 아주 작은 부분까지 전부 다 드러내고 싶은 마음뿐이었다. 무겁고 고통받았던 마음을 조금이나마 가볍게 만들고 싶었다.

"바나나피시도 그 사람이 처음 말한 거지?"

시빌은 뾰루퉁한 얼굴로 고개를 끄덕였다. 그것 봐. 뮤리엘은 만족감을 느끼며 씁쓸하게 웃었다.

"그건 그냥 '이야기'일 뿐이야. 이야기는 다 '거짓말'이야."

아니야. 아이는 제 자리에서 벌떡 일어났다. 아니에요! 그리고 그녀를 향해 세차게 모래를 차기 시작했다. 아이의 발길질은 점점 더 거세졌다. 작고 굵은 모래알들이 따가웠다. 아이는 분을 이기지 못해 모래를 한 움큼 집어 그녀의 머리 위로 뿌렸다. 질끈 눈을 감고 모래를 맞는 뮤리엘의 모습은 마치 아이가 내리는 벌을 받는 것 같았다. 점점 거세지는 모래 줄기에 그녀는 점점 더 화가 났다.

"그 사람은 미친 사람이야."

"나를 매춘부라고 부르기도 했고."

"한밤중에 시집을 찾아내라고 나를 괴롭히기도 했어."

게다가…… 이제 그 사람은 이 세상에 없어. 끝끝내 숨겨두었던 한마디를 내뱉었을지도 몰랐다. 하지만 알 수 없었다. 정신을 차리고 보니 아이는 씩씩대며 그녀 옆에 서서 가쁜 숨을 고르고 있었다. 주변은 어느새 어슴푸레하게 변해있었다.

"아니에요."

한참 후에 시빌이 떨리는 목소리로 말했다.

"거짓말이 아니에요."

뮤리엘은 고개를 들어 아이를 올려다보았다. 아이의 눈가에는 눈물이 맺혀 있었다.

"그건 아줌마 이야기일 뿐이잖아요. 이건 내 이야기란 말이에요."

시빌은 자신의 손바닥에 박힌 모래들을 털었다.

"나는 그날 똑똑히 봤어요. 그러니까 이 세상에서 바나나피시를 본 사람이 한 사람이라도 있다면…… 그건 거짓말이 아니에요."

보여 줄게요. 시빌은 그녀를 뒤로 하고 바다를 향해 뛰어갔다. 그녀가 말릴 틈도 없었다. 아이는 여느 때보다 더 거세게 넘실거리는 파도를 향해, 마치 그 거대한 바다와 자신밖에 없다는 듯이 달려갔다. 자신의 작은 몸이 그 거대한 존재

장희원

와 맞설 수 있다는 듯. 그리고 정말 모든 것들이 두렵지 않다는 듯. 시빌은 주저하지 않고 바다에 뛰어들었고, 조금씩 조금씩 앞으로만 나아갔다. 그녀는 넋을 잃고 바라보았다. 순식간에 하얗고 둥근 아이의 어깨 아래로 아무것도 보이지 않았다. 이따금 밀려오는 파도 때문에 두둥실 다시 몸이 뒤로 물러날 때도 있었지만, 시빌은 꾸준히 나아갔다. 그리고 금세 작은 점이 되어 그녀에게서 점점 멀어졌다. 아이는 단 한 번도 뒤를 돌아보지 않았다. 뮤리엘은 덜컥 두려움에 휩싸였다. 이대로 아이를 잃을 것 같아 무서웠다. 위험해. 그녀는 자신도 모르게 일어서서 아이를 따라 바다로 달려갔다. 소스라치게 차가운 바닷물이 피부에 닿자, 무뎠던 감각이 하나둘 깨어나면서, 이것이 현실이라는 것을, 햇볕에 이리저리 타고 비린 냄새가 나는 더러운 몸이 자신의 몸이라는 것을 새삼스레 깨달았다. 온몸에 소름이 돋았다.

"시빌."

뮤리엘은 절박하게 아이를 불렀지만, 아이는 사라져서 보이지 않았다. 아이에게도, 그녀에게도 꽤 깊은 곳이었다.

"시빌."

"여기예요."

자신에게서 조금 떨어진 곳에 간신히 머리만 내민 채 떠 있는 아이가 보였다. 여기예요. 시빌은 다시 물속으로 사라졌다. 뮤리엘은 혼란스러운 마음을 느끼며 자신도 덩달아 물속으로 머리를 집어넣었다. 어둑한 바닷속에서 힘차게 물을 차는, 오목한 아이의 하얀 발바닥이 보였다. 뮤리엘은 마치 어두운 밤에 유일한 별을 보고 따라가듯 그것을 향해 다가갔다. 그때 저 깊은 바다 밑바닥에서 작은 반짝임이 보였다. 시빌은 우우우 소리를 내며 그쪽을 가리켰다. 두 사람 주변으로 작은 물방울들이 보글보글 생겼다. 하지만 저녁 무렵이라 생각보다 주변이 잘 보이지 않았다. 바다 밑바닥은 그들이 상상했던 것보다 훨씬 깊었고 마치 다른 차원의 시간이 흐르는 것 같았다. 잘 봐요. 눈을 떠 봐요. 뮤리엘은 아이가 직접적으로 말은 하지 않았지만, 지금 바로 그 말을 하고 있다는 것을 깨달았다. 작은 노란색 천 조각이 그녀의 앞으로 두둥실 떠다녔다. 이게 뭐지? 그 순간, 천 조각을 재빨리 낚아채는 움직임을 알아차렸다. 그녀는 다시 아래를 보았다. 수십, 수백 갈래로 찢긴 노란색 천 조각이 떠다니고 있었고, 조각들 옆으로 쉴 새 없이 반짝반짝 빛나는 은빛 생명체들이 있었다. 세상에. 뮤리엘은 정확한 형체를 알아보진 못했지만, 분명 거기에 무언가가, 수많은 무언가가 있다는 것은 알아차릴 수 있었다. 숨이 가빠 왔다.

푸하. 뮤리엘은 수면 위로 고개를 내밀었다. 이제 본격적으로 어둠이 내려앉았다. 저 멀리 떨어진 곳에서 모닥불이 피어올랐다. 어둠 속에서 작고 붉게 타는 불과 그 곁에 모여 있는 사람들이 또렷하게 보였다. 추위에 온몸이 떨려 왔고, 정신이 혼미했다. 잠시 후 시빌도 그녀를 따라 올라왔다. 아이에게는 떠밀려온 이곳이 무척이나 버거운 깊이인 듯 자꾸만 물속으로 가라앉으려고 했다. 그래도 신이 난 것처럼 보였다. 봐요. 분명히 봤죠? 그 말을 하면서 자꾸만 가라앉는 아이를 돕기 위해 그녀는 거리를 좁혀 다가갔다. 그들은 누가 먼저라고 할 것도 없이 서로에게 손을 뻗었다. 그녀는 닿을 듯 다시 멀어지는 아이의 손을 붙잡기 위해 애를 쓰면서도 자신이 본 것에 대해 생각했다. 이건 꿈일까? 그러기에 너무 생생했다. 아이의 뒤로 가느다란 연기가 한 줄기 피어오르는 것이 보였다. 저녁 하늘의 그 하얀 연기와 매캐한 냄새. 그리고 모여 있는 사람들의 온기. 잊고 있던 모든 감각이 생생하게 살아나면서 그녀는 이것이 진실이라고, 자신이 지금 모든 것을 더 생생하게 느끼고 있다는 것을 깨달았다.

"우리가 여기 있다는 것을 봤으면 좋겠어."

뮤리엘은 저 멀리 떨어져 있는 해안가를 보며 말했다. 이 모든 게 거짓말이 아니기를 바라는 마음이었다. 정말 아이의 말대로 세상에 그런 사람이 있어 주기를, 누구라도 이 이야기를 알아 주는 사람들이 더 있기를 바라는 마음이었다. 이 검은 바다 위에 자신들이 있다는 것을 알아차려 줬으면. 그녀는 목멘 소리로 그 바람을 덧붙였다. 이 세상에, 단 한 사람이라도.

시빌은 높은 파도 때문에 연신 물을 먹으면서도 무슨 말을 하려고 안간힘을 썼다. 그리고 용케 그녀의 팔을 꼭 붙잡았다. 두 사람은 검은 바다 위에서 덥석 부둥켜안았다. 아이도 그녀처럼 추위에 봄을 떨고 있었다. 아이는 온 힘을 다해 바짝 그녀를 끌어안으며, 작은 목소리로, 하지만 똑똑하게 그녀의 귓가에 속삭였다.

"그럴 거예요. 바로 지금. 누군가 우리를 보고 있을 거예요."

meta메타 作家작가 김경욱
執筆집필 中중 너는 지구에 글 쓰러 오지 않았다*
藝術예술 生인생 重力중력 作法작법
旣創作기창작物 『누군가 나에 대해 말할 때』(문학과지성사, 2022)

"소설에 언급된 외계 존재의 소재를 파악하고 계신 분은
출판사로 연락주시기 바랍니다."
—김경욱

* 이영광 산문집 『나는 지구에 돈 벌러 오지 않았다』(이불, 2015) 제목을 변용하였다.

나는 너의 정체를 안다.

온 세상을 속였는지 몰라도 내 눈은 못 속인 거야. 어디선가 너도 이 글을 읽겠지. 내가 발표하는 족족 찾아 읽는 것다 안다. 안다기보다 감지하고 있지. 암굴왕이라 아무것도모를 거라 생각하면 커다란 오산이다. 동굴 깊숙한 천장에거꾸로 매달린 박쥐처럼 바깥세상을 향해 끊임없이 초음파를 날리고 있거든. 제목에서부터 눈이 휘둥그레져 한 줄 한줄 훑고 있을지도 모르겠구나. 네가 누군지 특정할 단서가행간에라도 숨겨져 있을까 가슴 졸이며.

그동안 두 발 뻗고 잤겠지. 소설가 소설이니 자전소설이니다 나와는 거리가 멀었으니까. 등단한 지 30년 되도록 에세이 한 권 못 내기도 했고. 맞아. 안 낸 게 아니라 못 냈다. 소설에는 차마 흘릴 수 없던 얘기를 에세이라는 핑계로 덜컥 털어놓게 될 것 같았거든. 내가 좀 고지식한 사람이잖니. 소설은 백퍼센트 허구만 써야 할 것 같고 에세이는 백퍼센트 진실만 써야 할 것 같은. 이런 자신이 나도 싫지만 어쩌겠니. 너에게 고향별을 선택할 여지가 없었듯 내게도 다른 캐릭터는 선택지에 아예 없었으니. 내가 아무리 온몸의 피를 갈아 엎는 문학적 변신을 시도해도 토씨 하나 바뀌지 않고 되돌아오는 어떤 질문처럼.

"가르치는 일과 창작을 병행하는 게 힘들지 않나요?"

다른 질문에는 인상적인 대답을 지어 내느라 창작 혼을 불사르면서도 이 물음 앞에서는 매번 소설가답지 않게 솔직해져 버린다.

"가르치다니요. 저에게 학생들은 변장하고 온 스승이에요. 때로는 말문이 막히는 질문으로, 때로는 해독하기 힘든 문장으로 저의 문학적 한계와 마주하게 하거든요."

겸손이라고 오해해도 할 말이 없다. 정작 본론은 초인적 자제력으로 꿀꺽 삼키곤 했으니.

"지구인으로 변장하고 온 외계인도 있습니다."

내가 에세이 청탁을 고사하느라 흘린 진땀을, 작가 약력에서 예술학교 네 글자를 지우기까지의 고뇌를 너만은 알아야 한다.

누구보다 네가 잘 알듯 외계인은 비유적 표현이 아니지.

한 해 뽑는 신입생이 고작 다섯 명인데 외계인까지 몰래

한 자리 차지하다니. 정원을 늘려야 하는 것 아니냐는 소리를 들을 때마다 등줄기가 서늘해진다. 과연 너뿐일까. 하나가 가능하면 둘이나 셋, 심지어 다섯도 가능하겠지. 예술학교에 몸담은 지 어언 17년, 수업하다 말고 속으로 뇌까리는 순간이 점점 잦아진다.

외계인이 아니고서야.

말문이 막히거나 해독이 불가능할 때 마주하는 건 나의 문학적 한계가 아니라 나의 인류학적 한계지. 소수 정예니 수도권 대학 정원 동결이니, 외계인 학생이라는 비현실적 현실에 비하면 내 입에서 나오는 말은 너무나 현실적이어서 오히려 비현실적으로 들릴 지경이다.

"2차 전형 글쓰기 시험에서 가장 중요한 평가 기준은 뭔가요?"

정원을 늘려 달라는 얘기만큼이나 입시 설명회 단골 질문이다.

"당연히 독창성이지요. 태양 아래 새로운 것은 없다는 고정관념을 보기 좋게 깨뜨리는 독창성. 자기만의 시각과 언어를 가져야 합니다. 태양 아래 새로운 게 없다면 태양계 바깥에서라도 찾아야겠지요. 단 한 명의 작가만 배출하더라도 대체 어느 별에서 왔느냐, 소리 듣는 작가를 길러 내는 게 서사창작과의 교육철학입니다."

타임머신이라도 타고 날아가 내 입을 틀어막고 싶구나.

'언어 실험의 최전선.'

'무중력 상상력.'

'주화입마냐, 금강불괴냐.'

이곳 출신 작가들에게 붙은 수식어조차 이젠 달리 보인다. 부임 첫 학기 받아들었던 어느 강의 평가에 적힌 한 줄처럼.

'서사창작과의 미래가 안드로메다로 향할 것 같다.'

익명의 장막 뒤에 숨어 뇌까린 저주인 줄 알았는데 무섭도록 정확한 예언이었구나. 여기는 그런 곳이지. 학생 하나하나 여느 지구인과 뭐가 달라도 다른 저마다의 존재감을 온몸으로 뿜어 내는 곳. 솔직히 처음 몇 학기 동안은 외계 행성에 불시착한 기분이었다. 안드로메다로 향할 것 같다고? 서사창작과의 미래는 모르겠고 나는 이미 안드로메다은하에 와 있었던 거야.

예술학교 임용 소식에 축하 인사를 건네면서도 목소리를 흐리는 사람이 적지 않았어.

"가르치면서 계속 쓸 수 있겠어?"

"시인은 몰라도 소설가는 견디기 힘들 텐데."

"수업하다 울면서 뛰쳐나온 작가도 있대. 작가들의 무덤이야, 무덤."

학교 건물이 진짜 무덤가에 있다는 사실을 알았으면 단어 선택에 좀 더 신중했을까. 학교 부지가 조선 왕릉과 면해 있을 줄이야. 예술학교에 첫걸음한 나를 맞은 것도 커다란 봉분이었지. 사약 받고 죽은 어미를 둔 왕, 후사도 없이 이른 나이에 병사한 왕이 누워 있지 않니, 국가안전기획부가 쓰던 건물 바로 앞에. 음지에서 양지를 지향한다던 그 기관 부훈이 하늘에서 떨어진 게 아니더구나. 한낮에도 어둑어둑한 연구실 한 구석에서 홀로 번득이던 낡은 철제 캐비닛은 또 얼마나 음울한 상상력을 자극하던지. 캐비닛 맨 아래 칸에 덩그러니 놓여 있던 낡은 책 한 권과 함께.

1976년 서울시 전화번호부.

내가 거기 소설가로 앉아 있었으면 그냥 지나칠 수 없었겠지. 소설가에게 우연이란 아직 밝혀지지 않은 필연이니. 그 우연을 씨줄 삼고 필연을 날줄 삼아 장편 서너 권은 족히 엮어 냈을 텐데. 하지만 첫 학기 수업만으로 서사창작과의 미래를 내다본 학생도 내가 양복에 넥타이까지 매고 출근한 속내는 짐작도 못 할 거다. 학교로 들어서는 순간 나는 소설가가 아니었다. 크립톤 행성인이 정장 차림에 뿔테 안경을 쓰고 신문사로 출근하듯 제2의 자아로 변신했지. 소설가 자아를 지키기 위한 또 다른 나 말이야. 슈퍼맨에게 클라크가, 배트맨에게 브루스 웨인이 있다면 내겐 막쓰가 있어. 맑스 말고 막쓰.

신임 교수 시절 복도에서 마주치는 동료들마다 묻곤 했다.

"오늘 무슨 일 있어요?"

그러고 보니 양복에 넥타이까지 맨 사람은 학교를 통틀어 나뿐이더구나. 총장조차 청바지 차림이었지.

"예술의 본질은 낯설게 하기잖아요."

막쓰가 뿔테 안경을 추켜올리며 대답했다.

변신은 성공적이었다.

『갈팡질팡하다가 내 이럴 줄 알았지』읽다 배꼽 빠지는 줄 알았어요."

소설가 이모 씨도 커다란 뿔테 안경을 쓰기는 했다. 머릿결마저 반곱슬에. 노트북만 열면 유머 본능이 깨어난다는 공통점도 빼놓을 수 없지.

『사과는 잘해요』마지막 페이지를 덮는 순간 나도 모르게 사과할 뻔했어요. 재미라곤 눈을 씻고 봐도 없는 줄 알았던 한국소설에."

나의 깜짝 변신에 깜박 속은 교수가 한둘이 아니었다. 소속을 연기과로 옮겨야 할 판이었지. 정체성에 위기감이 느껴질 만큼 성공적인 변신이었지만 절반의 성공에 불과했다. 강의실에서 만난 학생들은 예술의 본질을 일깨우려는 퍼포먼스에 별 반응이 없었다. 혼신의 연기와 심오한 명대사들을 쏟아 내도 비실비실 웃거나 꾸벅꾸벅 졸 뿐 나의 변신을, 나라는 존재 자체를 낯설어하는 기미가 보이지 않았어. 단 한 명, 너만 빼고. 수업시간 내내 느껴지던 레이저빔 같은 시선. 너는 넥타이와 정장으로 감춘 본모습을 꿰뚫듯 나를 빤히 바라보곤 했다. 너와 눈이 마주칠 때마다 나는 뿔테 안경을 밀어 올리거나 넥타이 매듭을 바짝 조였고. 하지만 잊지 않는 편이 좋을 거야. 막쓰, 라는 가면 너머 소설가의 눈이 번득이고 있었다는 걸.

"소설은 어떻게 써야 하나요?"

"막 쓰면 돼요."

진지한 얼굴로 물어오는 학생들에게 농담 같은 진담을 알 사탕처럼 뿌리면서도 어느 피조물의 정체를 꿰뚫어 보려 눈동자에 힘을 줬지. 노안이 오면 도루묵이라는 만류에도 라식 수술대에 누워 의료용 레이저와 눈 맞춘 이유가 고작 출퇴근길 버스 번호를 멀리서부터 식별하려고일까. 상상력을 발휘해 보렴. 허공을 내달리듯 자유분방한 무중력 상상력. 중력에서 자유로울 수 없는, 그러니까 지구인임이 분명한 후배 작가에게 돌아간 찬사는 너의 것이어야 마땅하니.

"막 쓰면 돼요. 중력을 무시하고 쓰면 돼요."

학생들의 눈꺼풀에 유독 중력이 두 배로 작용하던 어느 초여름 수업 시간에 미끼를 던지듯 말하고 너를 주시했지. 눈도 깜짝 않더구나. 거짓말 탐지기 바늘이 그려 내는 균일한 산과 골처럼. 몇 초였나, 몇 분이었나. 깜박이는 시늉조차 없던 너의 눈에 비하면 꾸벅거리거나 아예 엎드린 모습은 얼마나 인간적이냐. 서사창작과의 미래가 안드로메다 행이라던 소름 돋는 예언조차 너무나 인간적이지. 혹시 너 서사창작과의 미래, 거기서 온 건 아니겠지?

"막쓰가 아니라 막쓰무쓰네요. 막 쓰라. 중력을 무시하고 막 쓰라."

누군가의 말에 강의실이 웃음바다가 되도록 여전히 너는 눈 한 번 깜박이지 않았어.

"막 쓰라. 합평을 무시하고 막 쓰라."

"막 쓰라. 칭찬과 비난을 무시하고 막 쓰라."

"막 쓰라. 빨간 줄을 무시하고 막 쓰라."

돌아가며 한마디씩 장단을 맞춰도 너 혼자 무표정한 얼굴로 침묵을 지켰다. 표정을 풀면 네 안의 무언가가 새어 나갈 것처럼.

털투성이였던 인류의 얼굴이 맨질맨질해진 이유를 아니? 그건 상대의 표정을 읽는 게 생존에 도움이 됐기 때문이야.

물론 침묵이나 무표정이 외계인이라는 증거가 될 순 없지.

"묵언수행 중이래요."

작년이었나 재작년이었나. 한번은 출석을 부르는데 당사자는 입도 벙긋 않고 옆자리 학생이 대신 해명하더구나.

"글이 이미지라는 선입견을 버리세요. 글은 사운드예요. 작가가 되려면 자기만의 목소리를 얻어야 해요."

써 온 글만큼은 직접 낭독해 달라고 청해도 끝내 입을 열지 않았다. 반응이 있기는 했어. 필담(면전 카톡)으로.

'파공성破空聲을 득음하면 0순위로 들려 드릴게요. 사인은 미리 해 드릴 수 있어요.'

말로 하면 될 걸 덩달아 막쓰도 휴대폰 화면 위로 손가락을 놀리고 있었다.

'너 혹시'까지 쓰다 지우고 독수리獨手離 탄지彈指 신공을 다시 펼쳤지.

'말, 만, 으, 로, 도, 고, 맙, 다.'

네가 다니던 시절과는 강의실 공기가 많이 바뀌었다. 헬륨

비율이 높아진 느낌이랄까. 과제 글을 낭독하는 소리만 들어도 대충 감이 왔는데 도통 갈피를 잡을 수 없어. 진성인지 가성인지, 인간의 성대가 내는 소리인지 외계 생명체의 변조음인지.

강의실 공기가 바뀌어도, 공기가 바뀔수록 바꾸지 못할 것도 있다.

글쓰기 수업 첫 과제는 너도 기억할 거야.

내 인생의 책과 관련된 어떤 존재에게 편지 쓰기.

"글을 어떻게 시작해야 할지 모르겠다고요? 여러분, 친구에게 문자 보낼 때 첫 문장을 고민하나요? 절교하자는 내용만 아니면 술술 써내려 갈 거예요. 말을 건네는 기분으로 쓰기 때문이죠. 상대방 얼굴이 눈앞에 선명하게 그려지기 때문이죠. 혼잣말이 아닌 대화라는 점에서 모든 글은 일종의 편지예요."

막쓰의 진짜 의도는 따로 있다. 기억. 추억. 숱한 SF 서사에서 휴먼 여부를 판별하는 기준이 엇비슷한 게 작가들의 상상력 빈곤 때문일까.

"가장 인상 깊게 읽은 책 한 권을 소개해 주세요. 그리고 저자든 주인공이든 권해 준 사람이든 그 책과 함께 떠오르는 존재에게 A4 한 장짜리 편지를 써오는 겁니다."

'글을 읽고 쓰는 기쁨과 빈틈없는 한 몸 되기.'

글쓰기 수업 강의계획서에 교과목표를 입력하며 막쓰는 한 가지 질문만 백 번 천 번 가슴에 새긴다.

'너는 누구냐?'

서사도 표층 서사와 심층 서사로 나뉘잖니. 지피지기 백전 백승.『손자병법』과 어깨를 나란히 할 작법서가 있을까. 매주 내주는 과제의 진짜 과녁은 당연히 심층 교과목표지. 너때문에 과녁에 담긴 글자를 좀 고쳐야 했지만.

'너는 무엇이냐?'

글쓰기가 자신과의 싸움이라면 글쓰기를 가르치는 일은 강의 계획서와의 전쟁이지. 강의 계획서를 액면 그대로 실천했다간 망하기 십상이야. 계획대로 되지 않는 것, 그것이 바로 삶이고 좋은 글이란 우리가 인생을 놓치는 방식에 대한 정직한 기록이니.

"이 아이를 빼고 지난 3년을 논할 수 없을 것 같아요."

네 손에 들린 책은『수학의 정석』이었다. 촉이 왔다. 픽션이라는 촉. 예술학교에, 서사창작과에 뜻을 두는 고등학생이라면 육체적으로나 정신적으로나 수학과 넉넉히 거리를 두는 편이거든.

"문학이란 수학과 불로 이루어져 있어요."

막쓰가 본분을 망각하고 진짜 소설가처럼 말할 때도 없지 않다. 아르헨티나 작가 보르헤스가 남긴 말이지만. 수학 두 글자가 나오기 무섭게 수강생들 표정이 굳어지더구나. 학폭 가해자 이름이라도 들은 것처럼. 입시에 수능을 1퍼센트도 반영하지 않는 곳이라는 걸 1초도 잊지 말았어야 했는데.

그런 예술학교 수업에『수학의 정석』을 인생 책으로 들고 오다니. 평범한 고등학생 코스프레를 노렸겠지만『손자병법』을 작법서로 삼는 글쓰기 선생에겐 안 통하지. 막쓰가 허허실실하니 빤한 성동격서(고등학교 시절로 이목을 끌어 대학교 시절을 무사통과하려는) 계책에 삼십육계할 줄 알았더냐. 지어 낸 기억일 가능성이 높았다. 그물에 걸린 물고기를 발견한 어부의 심정이 그럴까. 내심 쾌재를 부를 수밖에. 막쓰가 장차 작법서를 낸다면 한글판은 몰라도 영문판 제목은 정해졌다.

The Art of War of Writing.

편지라고 써 온 너의 과제글은 A4 용지 양면 가득 숫자만 적혀 있었지.

3.141592 653589 793238 462643 383279 502884 197169 399375 105820 974944 592307 816406 286208 998628 034825 342117 067982 148086 513282 306647 093844 609550 582231 725359 408128 481117 450284 102701 938521 105559……

수상쩍은 숫자들은 비밀 통신용 난수표가 아니라 원주율 값이었어.

"제목도 다 못 썼는데 정해진 분량이 차 버렸어요."

"제목?"

자세히 보니 숫자 앞에 To, 라고 적혀 있었다. 편지 수신자가 원주율이라는 얘기였지. 소수점 아래 60조 8천억 자리까지 밖에 밝혀 내지 못한 초월수.

"어떤 글이든 꼭 제목부터 정하라 하셨잖아요. 피조물에 이름을 지어 주지 않는 창조주는 없다고."

특유의 무표정한 얼굴로 네가 말했다.

왜 하필 원주율이었을까. 네가 타고 온 원형 비행물체와 관련된 거니? 너희가 들판에 그려 놓는 미스터리 서클들을 말하려던 거니? 내 두 눈으로 짚어 낼 수 있는 단서라곤 꼬박꼬박 여섯 자리씩 끊어 적었다는 점뿐이다. 지구인이 10진법을 쓰게 된 이유는 손가락이 열 개인 탓이야. 손가락이 둘뿐이라면 2진법을 썼겠지. 숫자를 끊어 써도 지구인이라면 다섯이나 열 자리씩 끊는 게 자연스럽다. 손가락이든 촉수든 도구를 다루는 말단기관 수가 여섯인 생명체가 아니고야. 이 모두가 당시 내 머릿속을 스친 생각이라고 말할 수 있으면 좋겠지만 과제를 몇 해만에 다시 꺼내 본 뒤의 일이었다.

놀랄 것 없어. 지난 17년 동안 수업에서 받은 모든 과제물이 골동품 캐비닛에 고스란히 들어 있다. 역시 골동품이 된 전화번호부 한 권 달랑 들어 있던 캐비닛. 국가안전기획부 비품이었다는 데 나의 작가 생명도 걸 수 있는 오래된 철제 캐비닛.

"캐릭터가 곧 사건입니다. 기막힌 사건을 쥐어짜 내려 말고 문제적 캐릭터를 창조하세요."

매 수업 녹음기처럼 읊으면서도 상상은 못했다, 뭘 못 버리는 성격이 도움이 될 줄.

서사창작과 신입생의 인생 책이라면 『수학의 정석』보다 니체가 정석이지. 또 다른 고독한 천재, 고흐의 서한집과 넘버원을 다투는 빈도였으니. 니체의 저서 중에서도 인간인 척해야 하는 너에겐 『인간적인, 너무나 인간적인』이 맞춤했을 텐데.

니체도 고흐도 목사 아들로 태어나 세상에 복수하듯 외로이 자기 세계를 추구했지.

부모에게 치명적 상처를 주고 싶다면 예술을 하라는 말이 있지만 부모에게 복수하려고 예술가의 길을 걷는 사람은 없다. 복수도 예술도 시간을 견디는 방식, 영원한 시간이 유한한 우리 몸을 통과하는 여러 방식에 붙인 낱말일 뿐.

고흐의 고백을 상기해 보자.

"내 예술적 야망은 원한이 아닌 사랑에서 나왔다. 이따금 견디기 힘든 고통이 엄습하지만 내 안에는 아직 평온과 음악이 존재한다."

예술이란 복수의 수단이라기보다 마음 기쁘게 하는 양식을 발명하는 일. 고흐 안에 음악이 있었다면 니체에게는 심연이 있었지. 원주율에게 편지를 쓰면서 기뻤니? 인생 책이라는 과제에 제대로 한방 먹였다며 주먹을 불끈 쥐었을까? 아니, 인생 책이라는 함정을 예술적으로 피해 갔다고 뿌듯해했겠구나. 어떤 피조물에겐 과제조차 위장용 소품일 수 있으니. 예술학교라는 울타리가 너의 정체를 감추는 데 얼마나 유용했을까. 면접 도중 운동화를 벗어 저글링하기, 명작 읽기 수업에 고양이를 대리 출석시키기, 물구나무서서 수업듣기("뭐든 뒤집어 보라면서요.")에 비하면 너의 인생 책이란 평범할 지경이지.

슬슬 궁금할 거야. 내가 언제 눈치챘는지, 꽁꽁 감춰진 너의 정체를 어떻게 간파했는지.

꽃가루 흩날리는 봄날 1박 2일 일정으로 떠났던 창작 워크숍 기억나니? 기억에 없다면 거짓말이겠지. 가장 시끌벅적한 학과 연례행사고 한번 다녀오면 온갖 후일담의 진원지가 되곤 하니까. 행사 프로그램을 두고도 말이 많더구나.

그래, 악명 높은 (줄 미처 몰랐던) 사생대회도 목적이 글쓰기 과제와 다르지 않다. 버스까지 대절해 떠나는 창작 워크숍 자체가 리트머스 시험지인 셈이지. 1년 365일 보호색처럼 걸치고 다니는 새까만 '과잠' 안에 대체 어떤 우주가 숨어 있는지 판독하는.

"우리가 미술원인가요?"

"교수님은 뭘 그리실 건데요?"

"저는 떡이나 썰래요."

볼멘소리가 여기저기서 터져 나왔지만 누구든 1인 1표씩 행사하는 하트 스티커를 하나라도 더 받으려(익명 상태로 벽에 걸린 그림 중 가장 마음이 가는 작품 밑에 스티커를 붙이고 선정의 변을 얘기하는 게 심사 방식이지) 있는 실력 없는 실력 다 동원하지 않는 학생은 한 명도 없었다.

네가 처음이자 마지막으로 참가한 그해 사생대회를 내가 어찌 잊을까. 숙소 앞마당에 모여든 길냥이들이 즉석 모델이 되어 주었지. 소설가 지망생들이 그린 고양이 그림은 루이스 웨인의 작품 못지않게 독창적이었다. 기술적 완성도와 상관없이 화폭에 담긴 고양이 한 마리, 한 마리가 무언가 말을 건네는 듯했어. 가까이 들여다보니 이야기들이 스르르 떠올랐지. 물은 적도 들은 적도 없는 낯선 이야기들이. 인류 역사에서 예술이 탄생한 순간을 상상하면 놀랄 일도 아니지. 동굴에 최초로 벽화를 새긴 원시인은 어떤 존재였을까. 사냥에 못 나가는 병약한 부족원이었을 거야. 벽화의 사냥 그림이 1인칭 주인공 시점이 아닌 3인칭 관찰자 시점인 이유가 여기 있지. 가 보지도 못한 사냥 현장을 한 폭의 상상화로 그려 낸 인류 최초의 화가는 인류 최초의 소설가이기도 했어.

벽을 가득 메운 고양이 그림들 중에서 네 것은 한눈에 알아보았다. 대충 그은 곡선 몇 개만으로 영락없이 고양이였어. 하지만 아무리 들여다보아도 고양이라는 일반명사가 떠올릴 수 있는 최대치였다. 살아 있는 한 마리 고양이가 아닌 고양이의 이데아라도 그린 것처럼 어떤 이야기도 떠오르지 않았지. 사실 네 그림만 아니었다면 그냥 지나쳤을지도 몰라. 사생대회를 시작하기 전 발야구 시합을 하지 않았다면 눈여겨보지도 않았을 테고.

사생대회가 창작 워크숍 공식 리트머스 시험지라면 발야구, 부루마불, 마피아 게임은 비공식 리트머스 시험지였다. 학생들이 마피아를 색출하러 혈안일 때 나는 외계인을 가려내려 실눈을 뜨고 있었지. 하고 많은 보드게임 중 왜 부루마불이었는지도 이젠 모를 수 없을 거야. 뉴욕도 런던도 그냥 지나간 네가 유일하게 투자한 아이템은 컬럼비아호뿐이었다.

발야구? 네가 몸소 증명했잖니. 비가 오더라도 건너뛰면 안 될 통과의례임을. 달리는 모습이야말로 가장 솔직한 자화상이지. 진화의 세월을 거슬러, 네 발 짐승들과 쫓고 쫓기던, 먹고 먹히던 시점까지 되짚어 우리가 어디에서 무엇으로부터 왔는지 가감 없이 보여 주잖니. 창작 워크숍이 아니라 극기 훈련이라는 원성을 무릅쓰면서까지 강행할 가치가 있지. 있고말고. 그런 기회가 아니면 또 언제 너희의 전력질주를 끌어 낼 수 있을까. 달리다 보면 어느 순간 기린도 나오고 너구리나 목도리도마뱀도 나오지. 앞발이 손이 되었어도 본성은 드러난다. 어떤 땅에서 나고 어떤 땅의 일부로 돌아갈 존재인지.

공을 차고 1루로 향하던 너의 몸놀림은 역시 남달랐다. 기린도 너구리도 목도리도마뱀도 아니었어. 징검다리를 건너는 사람처럼, 달 위를 걷던 우주비행사처럼 경중경중 튀어오르며 나아가는 느낌이었지. 하지만 꿈속의 꿈인들 상상이나 했겠니. 몇 분이 멀다하고 뒤척이던 잠에서 빠져나와 이끌리듯 찾은 공터에서 너를 목격하게 될 줄.

이것은 아무도 모르고 나만 아는 이야기. 당사자인 너조차 모르는 이야기. 별빛도 달빛도 없는 어둠 속에서 똑똑히 보았다. 한밤의 공터를 맨발로 달리는 너를. 맨발이 아니었다면 알아채지 못했을지 몰라. 두 발 모두 공중에 떠 있었어. 억지로 땅에 닿으려 경중거릴 필요 없이 지면 위를 미끄러지듯 달렸어. 눈을 의심했느냐고? 역시 막쓰의 촉이 틀리지 않았어, 내심 뿌듯해하면서도 궁금했다. 고향별에서 달리는 너는 어떤 모습일까.

막 달리기!

중력을 무시하고 막 달리기!

무중력 달리기!

예술학교에 온 지 내일모레 20년. 다듬어지지 않은 천재들, 맨발로 달리는 한밤의 운동장 같은 아이들이 왜 없었겠니. 어떤 빛을 발산하게 될지 숨죽여 지켜보고 싶은 원석들 말이야. 아아, 그런데 그날 밤의 너는 문자 그대로 운석이었다. 외계에서 날아든 빛의 조각.

고양이에겐 이름이 세 개는 있어야 한다고 노래한 T. S. 엘리엇은 틀렸다. 평상시 이름과 특별한 순간을 위한 이름, 그리고 고양이 혼자만 알고 사람에겐 절대 알려 주지 않는 이름이 있다고 노래한 엘리엇은 틀렸다. 깊은 생각에 빠져 있을 때 고양이는 제 이름을 생각하고 또 생각하고 있는 거라고 노래한 시인은 틀렸다. 그것은 너무나 인간 중심적 발상이지. 고양이는 이름 따위 없어도 상관없는 존재. 보이지 않는 것을 좇는 눈동자 자체가 이름인 존재. 다른 차원에서 나타났다 사라지듯 불가해한 움직임 자체가 이름인 존재. 깊디 깊은 명상에 잠겨서도 제 이름만 생각하고 또 생각하는 존재는 우리들 인간이야.

허공을 달리는 네 모습을 넋 놓고 바라보다 문득 자문했다.

저 아이 이름이 뭐였더라?

졸업 작품 심사장에서 소회를 얘기할 때도 너는 무표정한 얼굴이었다.

"4년이 4초 같았어요."

4초 만에 완성한 것 같은 네 졸업 작품은 혹평을 받았지. 첫 문장부터 비문이라며 기본도 안 되어 있다고 닦아세우는 동료 심사위원을 말리고 싶었다. 지구인의 문자를 이만큼 다루는 게 어디냐고, 맞춤법이니 호응이니 문법이니 죄다 지구인들 사이에나 통용되는 약속 아니냐고, 그 모든 약속에 붙은 이름을 블랙홀처럼 빨아들이는 파천황적 호기심을 보라고. 심장의 혈관 하나하나까지, 대뇌의 주름 하나하나까지 파고들며 지구인을 이해해 보려는 백지 상태의 호기심이 안 보이느냐고.

애당초 너에겐 가르칠 게 없었다. 작가에게 가장 중요한 덕목이 궁금해하는 능력이라면. 익숙함을 앎으로 착각하는 부류는 죽었다 깨어나도 소설을 쓸 수 없지. 나는 늘 의아했어. 어둠이 있으라. 창세기에 이 문장은 왜 없을까. 어둠은 창조될 필요가 없었던 거야. 우주의 기본값은 어둠이니까. 우주의 중심에는 빛이 아닌 어둠이 있으니까. 블랙홀 같은 어둠. 어둠이야말로 파괴의 원천이자 창조의 원천이지.

지구에는 왜 온 거니?

글 같은 걸 쓰려고 오지 않은 건 분명해. 끝까지 살아남곤했던 마피아 게임 때처럼 사람들의 레이더를 완벽하게 따돌렸더구나. 동기들마저 네 근황을 모르던데 어디서 무얼 하고 있는 거니? 지구를 날려 버릴 계획을 착착 실행하고 있는 거야? 벌써 임무를 마치고 고향별로 돌아간 거니?

너에게 예술학교는 신원 세탁의 시작점 그 이상도 이하도아니었니?

하긴 어둠이 품으신 뜻이 공기를 건너 들려온들 달팽이집보다 얄팍한 두 귀에 온전히 담아 낼 수 있을까.

설마 내가 너를 불러들인 거니?

네가 입학하던 해 내가 출제한 글쓰기 문제가?

'글쓰기 시험이 시작될 즈음 미확인 비행물체가 착륙하는모습이 창밖으로 보이더니 미확인 비행물체의 문이 열린다.이어지는 이야기를 상상하여 3인칭으로 쓰시오.'

자판 위의 두 손을 누군가에게 빼앗긴 듯 노트북 화면에타이핑된 두 줄. 입시 출제를 위해 격리된 호텔 방에서 나는심혈을 기울여 준비해 간 문제 대신 뇌리를 스친 적도 없는장면을 새로 타이핑하고 있었다. 대체 어디서 온 발상이었을까. 시험장 밖에 착륙한 미확인 비행물체라니. 시험이 죽기보다 싫은 수험생들이나 희망 섞어 품을 법한 공상 아니냐.곧바로 삭제키를 눌렀어야 했다. 수험생들이 어떤 유니버스를 펼쳐 보일까, 엉뚱한 기대에 부푼 자신을 발견하기 전에.

"예술학교는 숨 쉬는 거 빼고 전부 퍼포먼스야. UFO 문제로도 모자라 시험장 밖에 UFO 모형까지 만들어 놨대."

"UFO에서 누가 나왔는데 까만 롱패딩 차림에 스냅 백 모자를 푹 눌러쓰고 마스크까지 썼지만 눈빛은 레이저광선 그 자체였다나."

"5분 지각한 애가 10분도 안 돼 엎드리더니 끝날 때까지 책상과 물아일체였대. 덕분에 포기하려던 애들이 다들 마음을 고쳐먹었다고."

학생들 사이에서 괴담처럼 떠돌던 이야기. 너라는 존재만 아니면 소설 쓰고 앉았다고 일축했겠지. 원주율에게 쓴 편지만 아니었다면. 4초 만에 쓴 것 같은 졸업 작품만 아니었다면. 네가 맨발로 허공을 달리던 한밤의 공터만 없었다면.

글쓰기 시험장으로 쓰인 강의실 창가 자리에서는 정말 예술극장 옥상이 비스듬히 내려다보이더구나. 헬리콥터 몇 대가 동시에 내려앉을 만큼 널따란 공간이지. 그 강의실이 있는 건물과 구름다리로 곧장 연결되어 있고.

미확인 비행물체가 예술극장 옥상에 착륙한다. 문이 열리고 거기서 나온 존재가 구름다리를 건너 글쓰기 시험장 빈자리에 앉는다. 그리고 글을 쓰기 시작한다. 무슨 조화인지 도저히 낙방이 불가능한 글을.

본인이 아니면 안 된다고 딱 자르며 입학관리과 담당자가 묻더구나. 법정 보관 시한도 다 되어가는 옛날 답안지를 왜 찾느냐고, 무슨 문제라도 있느냐고. 문제라면 그 입시문제가 문제겠지. 너의 답안지가 아니라. 출제 도중 노트북 화면이 저절로 꺼진 순간 직감했어야 했나. 다시 켜진 노트북 자판을 빠르게 두드리는 손가락이 내 것이 아닌 것 같았을 때 어떻게든 멈춰 세웠어야 했을까.

굳게 닫혀 있던 차원의 문을 열어 버린 것이니, 내가?

"소설을 쓴다는 건 바늘구멍으로 우주를 들여다보는 일입니다."

막쓰가 학생들에게 읊던 레퍼토리를 떠올리면 소름이 돋는다. 역시 말 함부로 하는 거 아니구나. 니체의 경고를 혀에 새겼어야 하는데.

"우리가 심연을 들여다보면 심연 또한 우리를 들여다본다."

우리가 바늘구멍으로 우주를 들여다볼 때마다 우주 또한 바늘구멍으로 우리를 들여다보았구나. 들여다보는 걸로 성에 안 차 바늘구멍을 몸소 건너온 거니? 그 좁디좁은 웜홀을 맨발로 통과해 온 거야?

1976년이 서울 상공에 미확인비행물체가 출몰한 해라는 사실은 최근에야 알았다. 대공포격의 섬광이 밤하늘을 가르고 유탄 피해자까지 나온 사건을 정부는 민항 화물기의 항로 이탈로 발표했다. 청와대 상공에 나타난 UFO. 청와대 세 글자에 가려졌지만 미확인 비행물체가 가장 오래 관측된 곳은 성북구 일대였더구나. 당시엔 국가안전기획부가 있었고 지금은 예술학교가 자리한 여기 성북구 말이야.

연구실 캐비닛에서 1976년 서울시 전화번호부가 나온 게 우연일까. 녹슨 캐비닛에 덩그러니 놓여 있던 전화번호부, 그 생뚱맞은 물건이 복선인 줄 눈치챘다면 바늘구멍이나 우주 같은 소리는 섣불리 내뱉지 않았을 텐데. 아니, 전화번호부가 복선이었다면 무의미한 가정이겠지. 강의실에서 어떤 소리를 주워섬겼어도 몇 년 뒤엔 똑같은 입학시험 문제를 내지 않을 수 없었을 테니.

"저를 왜 뽑으셨어요?"

신입생들이 어떤 심정으로 묻는지 알 것 같다.

하나만 묻자.

왜 이 학교에 온 거니? 왜 나였어? 왜 하필 내게 보여 준 거니, 앙상한 맨발로 한밤을 달리는 모습을? 네가 쓴 그 어떤 문장보다 너다웠던 끝내주는 한 줄을?

요즘도 한밤의 어둠 속을 맨발로 달리니? 노트북 앞에 앉을 때면 신고 있던 양말을 벗게 된 나처럼?

궁금해하는 능력을 아무리 쥐어짜도 1인칭 대명사를 벗어나지 못하는구나. 나도 지구인인지라. 이해해 다오. 한낱 지구인에게 예술은 짧고 인생은 기니까. 돌이킬 새 없이 짧고 돌이킬 수 없이 기니까.

meta메타 作작家가 박생강
執집筆필 中중 종로 거리의 아해들
藝예術술 人인生생 散산策책 呪주術술
旣기創창作작 物물『빙고선비』(아르띠잔, 2022)

"회전, 회전, 회전!
이 소설은 회전의 다양한 각도에 대한 이야기입니다."
—박생강

1

'박제가 되어 버린 천재'를 아시오.[1]

열세 명의 아해들과 만났다오.

2

1936년 김해경은 미스코시 백화점 아래를 걷다가 정오 사이렌을 듣고 양팔을 들었다. 그 순간, 아스피린과 아달린의 경계에서 김해경이 간지럼과 어지럼을 느낀 그 순간, 2023년 서울 종로구의 날씨는 맑음이었다. 물론 몇몇 이들은 하늘에서 들리는 희미한 사이렌을 들었다. 더 민감한 사람들은 기

---

[1] 이상의 단편소설 「날개」의 첫 문장.

류의 변화 같은 것을 체험했다.

그것이 종로 거리 일대에서 번져 가는 숨 쉬는 안개에 대한 징후였다.

한 달 후 기후 전문가들은 이 안개에 웡-웡이란 이름을 붙였다. 어떤 기상학자도 허공에서 웡-웡 굉음이 들려오고 매 순간 숨을 쉬듯 짙어졌다 흐려지는 안개의 원인을 알지 못하였다. 허나 이름을 붙여 버리면 더는 알 수 없는 것들을 설명할 필요가 없는 법이었다. 그저 고유명사 웡-웡으로 불러 버리면 끝이니까.

3

2023년 종로 거리를 걷는 김해경은 이 숨 쉬는 안개의 원인에 대해 짐작은 할 수 있었다. 그는 1936년 경성 미스코시 백화점 아래에서 정오 사이렌과 뒤섞인 웡-웡 소리를 들었다. 김해경은 그것이 각기 다른 시대가 도킹하며 내는 소리라고 생각하였다.

"나는 낡은 세상에 적응 못한 박제였습니다. 하지만 새로운 세상에는 무한으로 적응하는 천재인지도 모릅니다. 일단…… 1936년의 지폐를 2023년의 지폐로 환전할 생각은 했으니까."

김해경은 혼잣말로 웅얼대며 안개 낀 인사동을 걸었다. 그는 낡은 프록코트를 입고 가판대에서 산 멜론꽂이의 멜론을 베어 물며 산책을 음미하였다. 하늘에서 들리는 웡-웡 기분

나쁜 소음도 그의 산책을 방해하지는 못했다.

김해경의 주머니 사정은 당분간 넉넉하였다. 1936년의 경성에서 이상이라는 필명으로 발표한 「오감도」가 두둑한 원고료를 쥐어 준 것은 아니었다. 오히려 욕만 들었을 따름이다. 대신 그의 주머니에는 아내가 건넨 1936년의 지폐 뭉치가 그득했고, 2023년의 인사동에는 골동품상이 적지 않았다.

김해경은 과거 그 돈을 쥐고 경성의 종로 거리를 걸으며 소설이라도 써 볼까, 그러면 그 소설에는 「날개」라는 이름을 붙여 볼까, 이런 생각들을 하였다. 하지만 그의 수많은 망상이 머릿속 망상 소설 끝났듯 「날개」 역시 원고지에 서두만을 썼을 뿐 망상 소설로 남아 버렸다.

"그렇다면 2023년의 종로 거리에서 날개를 써 볼까?"

하지만 그는 1936년의 지폐를 2023년의 지폐로 환전해 낙원동 송해길에 고시텔을 얻고, 저녁은 편의점의 삼각김밥과 크림빵으로 충족했다. 푼돈으로 멜론꽂이를 사서 종로 인사동과 익선동 일대를 산책하곤 하였다.

"아니다, 나는 멜론을 얻었다. 달콤한 멜론의 맛을 알았다."

김해경은 멜론꽂이가 있는 시대에 소설 따위 쓸 필요가 없다는 결론에 이르렀다.

최근 그의 관심사는 소설과 다른 쪽이었다. 그는 가끔 종로 PC방에 들러 짜장라면으로 끼니를 해결하며 인터넷으로 새로운 세상을 둘러보았다. 최근 그의 관심사 중 하나는 챗GPT였다. 그는 사흘간 인터넷의 바다를 헤매인 끝에 챗GPT의 개념을 이해했다. 그러면 이 세상의 적응은 끝난 것이었다.

김해경은 멜론꽂이를 빼먹으며 호주머니에 손을 집어넣었다. 그가 이 시대에 재빠르게 적응한 만큼 1936년의 지폐도 재빠르게 사라져 갔다. 하지만 김해경은 1936년의 지폐가 사라진 이후의 삶에 대해 걱정하지는 않았다. 종로 거리를 돌아다니는 유튜버 옆에서 헛소리를 지껄여도 푼돈쯤은 벌 수 있으리라 여겼다.

"아아, 그때 말입니다. 나는 꿈으로 떨어진 것이 아니며, 내가 지옥의 세계로 떨어진 것은 아니며…… 아, 서두가 너무 길다. 1936년에서 왔다고 하면 미친놈이라 생각할 것이다. 하지만 나는 진실을 말하는 것이니 상관없지 않은가? 게다가 나의 진실은 더럽혀지지 않는다. 업신여김쯤이야 어느 시대나 천재라면 끊임없이 당하는 것. 업신여김은 때론 또다른 유우머 아니던가? 럭키하다면 1936년에서 건너온 시간여행 유튜버로 인정받을 수 있지 않겠는가?"

김해경은 낙원상가 아래를 지나 익선동의 좁은 골목에 접어들었다. 골목 곳곳에 스며드는 안개와 유희하며 많은 젊은이들이 걷고 있었다. 이제 숨 쉬는 안개는 종로 일대를 글루미한 원더랜드로 만들었다. 그 중에서 익선동은 이 글루미한 원더랜드의 중심부 같은 곳이었다. 시대를 알 수 없는 안개 낀 좁은 골목의 미로에서 길을 잃은 것. 그리하여 혹시나 다른 시대의 출구로 빠져나가기를 바라는 것.

김해경 역시 그 미로의 골목으로 들어가 경성의 모던보이와 모던걸과 닮은 이들과 뒤섞였다. 김해경은 잠시 추억에 잠겼다. 과거 경성에서 그는 가난해도 모던했다. 이곳에서 길을 잃었다 다시 익선동 밖으로 나가면 그때처럼 어디선가 전차가 딸랑이고 탑골공원 안 파고다 카페에 젊은이들이 모여 우아하게 커피를 즐길 것도 같았다.

김해경은 잠시 익선동 골목 길모퉁이에서 걸음을 멈추었다. 잠시 옅어졌던 안개가 다시금 짙어졌다. 그는 과거 건축 설계를 하던 기억을 떠올리며 한쪽 눈을 감고 허공에 검지로 선을 그었다. 그 선이 이상하게 검정이 아니라 붉은색으로 느껴졌다. 눈을 뜨니 익선동의 모던보이와 모던걸들이 모두 모던하게 쓰러지고 있었다. 안개가 그들의 목을 조르거나 비틀었다. 안개에 비명과 피비린내가 뒤섞여 좁은 골목은 아수라장으로 변했다.

그 순간 김해경은 골목에 멈춰선 채 이 장면을 과거에 읽었던 아니 상상했던 기억이 났다. 이상의 망상 소설 중 일부였다.

"안개에 잡아먹힌 젊은이들이 걸어가오. 안개는 시대의 아가미에서 가스처럼 새어 나와 사람들의 심장을 안에서 밖으로 털어먹으나, 죽음은 안개에 휩싸여 감춰지며, 그러면 어디선가 골목에서 흰 얼굴의 얼굴 없는 사람들이 나타나……."

김해경은 그의 망상 소설의 내용을 읊조렸다. 망상 소설을 원고지에 쓰지 않았지만, 그 내용은 그의 머릿속 종잇장에 모두 적혀 있어 떠오르기만 한다면 문장을 읊을 수 있었다.

그 순간에 골목에서 흰 복면으로 얼굴을 모두 가린 두 명의 사내가 나타났다. 그들은 양쪽에서 김해경의 팔짱을 끼고 빠른 걸음으로 익선동의 골목을 빠져나가기 시작했다.

김해경이 정신없이 끌려간 곳은 단성사의 지하 창고였다.

4

김해경이 망상 소설을 쓴 계기로는 무엇보다 종로 단성사에서 본 한 편의 연쇄극을 꼽을 수 있다. 그는 학창시절 단성사에서 학생할인으로 《의리적 구토》를 보았다. 《의리적 구토》는 복수를 위해 쫓고 쫓기는 주인공들의 활약이 펼쳐지는 신파극이었다. 그런데 일반적인 신파극과 달리 배우들은 무대에서 서로를 쫓다 무대 밖으로 사라졌다. 이어 호각 소리가 들리고 암전과 함께 천장에서 흰 장막의 스크린이 내려왔다. 다시 차르르 소리와 함께 빛이 쏟아지자 스크린에서 새로운 세상이 펼쳐졌다. 한강철교와 서울의 숲속 등지에서 배우들은 서로를 쫓으며 혈투를 벌였다. 호각소리가 들릴 때마다 화면이 바뀌고 또 바뀌었다. 하지만 배우들의 목소리는 밖으로 새어 나오지 않았다. 허나 변사가 그 안에서 벌어지는 혈투를 말과 웃음과 고함의 힘으로 핏물이 뚝뚝 떨어지듯 떠들었다. 마지막 호각 이후 다시 불이 켜지면 얼굴에 피 칠갑을 한 배우들이 무대에 다시 올라 마지막 장면을 연기했다.

김해경은 새로운 시대의 풍물을 보며 눈이 번쩍 뜨였다.

그 후로 그는 시대는 하나가 아니라고 믿었다. 그가 머문 20세기 초반의 경성은 스크린 밖 세상이며 저 스크린 안은 넓고도 광활하여 다른 시간과 공간이 펼쳐질 것이라 상상했다. 그 상상은 소년 시절부터 계속 이어졌기에 아달린 따위 먹지 않아도 그를 행복하고 짜릿하게 만들었다.

"다시 돌아왔다. 단성사로. 그런데 관객은 나 혼자다."

김해경은 그 옆에 보초처럼 지키는 흰 복면들을 바라보았다.

"여긴 어디요? 당신들은 또 누구인 것이고?"

어둠 속에서 대답은 들리지 아니하였다. 대신 스크린에 영상이 비춰졌다. 미스코시 백화점 주변을 걷는 김해경이었다. 그가 「날개」라는 소설을 썼다면 주인공이 그 미스코시 백화점 옥상에서 내려와 길을 걷다가 날갯짓을 하며 소설이 끝날 예정이었다. 또 현실의 김해경은 동경으로 유학길을 떠날 계획이었다. 그는 동경 대신 2023년의 경성으로 떠나고 말았으니, 그의 생각에 이는 괴이한 유학이었다.

그때 스크린 뒤에서 목소리가 들려왔다.

"아이고, 선생님 오셨습니까? 선생님이 「날개」를 썼다면 지금 이런 일은 일어나지 않았어요. 그랬다면 이상은 지금의 이상이 아니겠지, 허허허. 세상을 망치는 소설은 사랑받지만, 세상을 망치는 사람은, 이거 어디다 쓰나?"

김해경은 고개를 저었다.

"망쳤다고? 그거 이해할 수 없는 말이로세. 나는 그냥 새로운 시대에서 적응할 수 있는 1936년의 부랑자일 뿐인데. 시대와 맞물리지 못한 천재라고 생각하기도 하지만, 뭐 그렇게 말하면 어딘지 오버액션의 기미가……"

"자자, 선생님 제가 다 설명해 드리지요."

스크린 뒤에서 변사가 걸어 나왔다. 그는 중절모를 쓰진 않았지만 대신 안경을 쓰고 마이크를 쥔 통통하고 키 작은 거북이상의 노인이었다.

"천재는 어떻게든 세상을 바꾸기 마련이지요. 이야기로 세상을 바꾸거나, 아니면 시대와 충돌해서 세상을 바꾸거나. 김해경인지 이상인지 알 수 없는 그런 부싯돌과 같은 선생님처럼 말이지요. 「오감도」[2]를 쓰신 이유가 있지요? 그게 헛소리가 아니라 천재가 만든 열려라 참깨 같은 것이었지요?"

김해경은 입을 꾹 다물었다. 「오감도」는 김해경이 연구해 낸 일종의 주문 같은 것이었다. 이 세계에서 다른 세계로 탈주하는. 그것은 또 이 세상에 없던 열세 명의 아해를 세상으로 불러 오는 주문이기도 했다. 대중들이 「오감도」를 읽고 분노하여 흥분하면 할수록 그 분노의 힘으로 그 주문은 힘을 발휘하게 설계되어 있었다.

스크린에 또 다른 영상이 비춰졌다. 미스코시 백화점 아래를 걷는 김해경, 「날개」를 쓰지 않는 김해경. 그런데 그를 포

---

[2] 이상의 대표적인 난해시 연작. 1934년 7월 24일부터 8월 8일까지 중앙일보에 15편을 연재했다. 원래 30편을 계획했지만 독자들의 항의로 15편을 발표하고 조기중단 됐다.

위하듯 골목 곳곳에서 하나둘 부랑아 같은 아해들이 나타났다. 악마인지 천사인지 알 수 없는 날개를 휘날리며.

"아, 그런 날이 있었지."

김해경은 「오감도」의 구절을 읊조렸다.

"제1의아해가무섭다고그리오. 제2의아해가무섭다고그리오."[3]

김해경은 「오감도」를 여러 사람이 계속 읊어 대면 13인의 아해들은 닫힌 장벽을 뚫고 나간다고 생각하였다. 질주, 질주, 질주하여서 달려가는 행복한 아해들이었다! 그런데 미스코시 백화점 아래를 걷던 김해경의 눈앞에 그 아해들은 불량한 자태로 나타났다.

"파파."

"나는 아이가 없다."

"파파. 파파, 파파."

"아, 아달린을 너무 많이 먹었구나. 너희는 등짝이며, 머리며 괴상하기 짝이 없다."

그때 김해경은 생각했다. 아니다, 아달린 때문이 아니구나. 김해경이 계획한 30편의 주문이 아니라 15편의 주문에서 「오감도」를 끝냈기에 괴물 같은 13인의 아해가 나타난 것이었다.

김해경은 「오감도」의 주문을 지을 때 그 아해들이 날개를

---

[3] 이상의 연작시 「오감도」 시제1호의 2연 1행, 2행.

달고 있으리라 상상한 적이 없었다. 게다가 괴상망측한 날개들이었다. 그는 똑같은 얼굴을 한 13인의 아해를 상상했다. 하지만 그의 앞에 나타난 아해들은 얼굴도 체격도 제각각인데 날개의 흉측함만 똑같았다. 아해들은 벌 떼처럼 꽤나 격정적이고 소란스럽게 흉측한 날개를 붕붕대며, 납치하듯 김해경을 매달고 V자 편대로 날아갔다.

그렇게 그의 눈앞에서 점점 1936년의 경성이 멀어져 갔다.

"거기서 기억을 잃었소. 어지러워서 횟배를 앓듯 구토가 났소."

하지만 이후 모습은 스크린 안에서 이어졌다.

열세 명의 아해들이 김해경을 붙들고 회전하면서 날갯짓을 시작하였다. 그러자 구름에 소용돌이가 일어나더니 시대와 시대 사이의 통로가 만들어졌다. 그 어지러움 속에서 김해경은 정신을 잃었다.

"저도 열세 명의 아해 중 하나여서, 뭐 얼굴은 이렇게 노인네지만, 그건 뭐 선생의 상상 속에서 태어난 변사와 닮았기 때문에…… 하여간에 선생이 살아야 우리가 삽니다."

"살아 있어야?"

"선생이 죽는다면 우리가 존재할 수 없는 것이 이 관계에 얽힌 운명이지요. 물론 선생님이 죽기 전에 죽는 아해도 있고요. 바로 저처럼 말입니다."

변사가 마이크를 내려놓고 서글픈 표정을 지었다. 변사의 중절모에서 작은 날개가 자라나 모자가 하늘로 날아갔다. 변사는 손을 뻗어 중절모가 날아가지 못하게 끌어내렸다.

"이 녀석아, 너는 비둘기가 아니라 중절모다."

변사는 모자를 다시 눌러쓰고 김해경을 바라보았다.

"저로 말하면, 선생이 오감도의 주문으로 만들어 낸 열세 명의 아해 중 하나이자, 변사의 모습을 하고 있으며, 선생의 재능이기도 합니다."

"재능?"

"열세 명의 아해가 어디서 왔을까? 모두 선생이 불러 냈습죠. 하지만 우리 셋은 열세 명의 아해 중 가장 생명력이 짧은 운명입니다. 그건 선생에게 좀 부족한 부분들이거든. 저 얼굴도 없는 놈들은 정절과 노력인데…… 이제 목숨이 다했습니다."

변사의 말이 끝남과 동시에 흰 얼굴의 정절과 노력이 힘없이 고꾸라졌다.

"세상에, 그쪽이 나의 재능이라고. 그런데 내게 있는 재능의 생명이 겨우 이 정도라는 것을 믿지 못하겠다."

"선생은 재능이 넘치는 천재지요. 그걸 누가 부정합니까? 세상을 건너온 열세 명의 아해들을 태어나게 하는 주문을 만들었는데. 하지만 말입니다, 선생. 한순간에 반짝하다가 사라지는 것이 원래 재능의 운명입니다. 나머지는 노력 아니면 사기로 천재들은 생명을 연장하는데, 아쉽게도 보다시피 노력은 바로 죽었고, 선생의 사기 능력은……."

갑자기 호각 소리와 동시에 플래시가 터지면서 눈이 부셔,

김해경은 눈을 감았다 떴다. 하지만 변사의 모습은 보이지 않고 목소리만이 들려왔다.

"아이고, 시간이 다 되어서 중요한 이야기만 해야겠네요. 선생의 악덕을 닮은 놈들은 질리게 살아남을 겁니다. 그러니 선생은 의리를 지키세요. 인간으로 태어나 이 세상과 맺은."

"아니, 2023년의 산책자가 도대체 뭘 할 수 있다는 건지?"

김해경은 주위를 둘러보았다. 변사는 사라지고 없었다. 대신 바닥에는 모자와 마이크가 떨어져 있었다.

김해경은 그것을 주워 들고 스크린 앞으로 걸어갔다. 다시 보니 스크린이 아니라 그저 낡은 관람석에 씌워 놓은 때 묻은 흰 천이었다. 허나 김해경은 그가 스크린 속 세상으로 다시 들어왔다는 것을 깨달았다.

이제 다시 창고 문을 열고 나가기만 하면 되었다.

5

중절모를 쓴 김해경은 다시 숨 쉬는 안개 가득한 세상을 걸었다. 그가 발을 디딘 2023년은 더는 멜론꽃이처럼 달콤하지 않았다. 안개에 가려 보이지 않았지만 곳곳에서 비명이 들려왔다.

그때 안개 사이로 누군가 다가왔다. 김해경은 그 얼굴을 보고 놀랐다. 거울 속의 김해경을 보듯 똑같이 닮은 사내였다. 그는 진화하여서 좀 지질하게 웃는 김해경에 비해 야비하게 웃을 줄 아는 성공한 자의 미소를 짓고 있었다.

김해경은 그 남자가 열세 명의 아해 중 하나인 이상이라는 것을 깨달았다. 하지만 김해경이 상상한 이상과는 달랐다.

"어이, 산책은 끝났어. 이제 사냥의 시간이야."

김해경은 마이크를 움켜쥔 채 자세를 잡았다.

"나는 너를 알고 있다. 너는 나의 악덕으로 태어난 이상일 것이다."

이상의 뒤에는 또 다른 아해들이 줄을 지어 서 있었다. 그들은 모두 날개를 펄럭였다. 어떤 날개는 쪽창처럼 작았고 또 어떤 날개는 버드나무 가지처럼 처졌거나 꽹과리 두 짝인 양 우스꽝스러웠다.

반면 이상의 날개는 가장 번듯하고 가장 괴이했다. 날개는 하늘과 연결되어 휘몰아치는 안개의 회오리바람을 일으켰다.

윙-윙-윙-윙. 그 소름끼치는 소리와 숨 쉬는 안개의 근원이 모두 이상의 날개에서 비롯되었다.

"나는 사냥은 싫다. 산책을 할 것이다. 그러니 산책을 위해 싸울 것이다."

김해경은 자신의 목을 졸랐다.

"너희는 아무것도 아니다. 내가 2023년의 세상에서 숨을 끊으면 너희의 숨도 끊긴다."

이상이 점점 키를 늘리더니 김해경을 내려다보며 비웃었다.

"나는 당신이 만든 아해이자, 이상이지만, 내 또 다른 이름은 악덕이 아니라 필력이지. 아직 완벽하진 않지만 파파가 없어도 파파만큼 쓸 수 있어. 곧 하찮은 파파는 필요 없게 되겠지."

"그래 봤자, 너는 나의…… 챗GPT에 불과하다."

그 말에 이상이 긴 날개로 김해경을 휘어감았다.

"일단 파파의 수다스러운 말과 귀찮은 몸은 필요 없고 정신만 있으면 되니, 온몸을 두들겨 납작하게 만들어 드리지요."

이상은 김해경을 허공으로 내던졌다.

김해경은 허공으로 솟았다가 추락하며 처음에는 두려움에 빠졌지만, 잠시 후 두려움은 안개가 흩어지듯 희미해졌다. 오히려 정신은 명료해지는 기분이 들었다. 그는 문득 지금의 이상이 아닌 그가 상상하였던 그런 이상이 되어야겠다고 생각했다. 그 방법은 과거에 쓰지 못한 망상 소설을 모형 같은 이 현실에서 다시 쓰는 것일지도 몰랐다. 게다가 그의 재능이 완전히 사라진 것도 아니었다. 일단 날개에서 자라나는 모자가 있고 주머니에는 흉기로 쓸 법한 단단한 마이크도 있었다.

물론 모자의 날개는 자라나지 않았다. 게다가 만년필로는 뭔가를 써 봤지만 마이크로는 무엇을 해야 한단 말인가?

"회전, 회전, 회전!"

일단 김해경은 마이크에 대고 큰 소리로 외쳤다.

고꾸라져야 할 그의 몸이 정확하게 바닥으로 착지했다. 그가 떨어진 청계천변에서 안개는 걷히었지만 한겨울도 아닌데 하늘까지 솟은 얼음벽이 가로막혀 있었다.

그제야 김해경은 이상의 망상 소설 「종로 거리의 아해들」
이 떠올랐다.

"꿈이 얼쑹덜쑹 종을 잡을 수 없는 거리의 풍경을 여전히
헤매었다.[4] 그러다 사방이 막힌 종로 거리의 공간에서 서로의
재주를 겨루며 싸운다. 회전, 회전, 회전. 안개가 걷히면 사방
이 막힌 종로 거리는 회전할 때마다 그 모양새를 바꿔 간다."

그는 망상 소설 「종로 거리의 아해들」의 문장 하나를 시로
쓴 적도 있었다. 김해경은 마이크에 대고 그 문장을 재빠르
게 읊조렸다.

"사과한알이떨어졌다. 지구는부서질정도로그런정도로아
팠다. 최후. 이미여아한정신도발아하지아니한다."[5]

그때 나비의 날개를 달고 거미의 얼굴을 한 아해 하나가
김해경에게 독침을 쏠 작정으로 날아오기 시작했다.

김해경은 마이크를 들고 말했다.

"지구를모형으로만들어진지구의를모형으로만들어진지
구."[6]

이어 김해경은 작게 회전, 회전, 회전이라고 속삭였다. 종
로 거리가 다시 익숙하지 않은 방향으로 회전하기 시작했다.
그는 머리에 쓴 중절모를 한 손으로 누르고 이렇게 외치기

---

[4] 이상의 단편소설 「날개」의 문장을 인용.
[5] 이상의 시 「최후」
[6] 이상의 연작시 「건축무한육면각체」 중 「AU MAGASIN DE NOUVEAUTES」
1연 4행

시작했다.

"날개야 다시 돋아라. 날자. 날자. 날자. 한 번만 더 날자꾸나. 한 번만 더 날아 보자꾸나."[7]

meta메타 **作**家작가 황현진
執筆집필 **中**중 인간 애호
藝術예술 **人**生인생 意志의지 作爲작위
旣創作기창작 **物**물 『해피 엔딩 말고 다행한 엔딩』(문학동네, 2021)

"소설을 쓰면서 수치의 이름을 종종 사치라고 오기誤記했다.
이 소설이 한 인간의 오기傲氣로 남기를 바란다."
—황현진

나로 말할 것 같으면 인간에 대한 애호가 있는, 그런 사람입니다. 사람이라면 누구나 각자의 기호랄 게 있지 않습니까? 나의 경우, 오로지 인간뿐입니다. 다른 종種에는 관심 없습니다. 오직 인간이라는 종에만 각별한 관심이 있습니다. 자칭 인간 애호가라 부를 만합니다. 언젠가는 타칭 인간 애호가라 불릴 날이 올 거라 기대하고 있는데, 아직은 요원한 것 같습니다. 나처럼 인간을 애호하는 사람이 많아야 그에 대한 인정도 가능한 법인데, 사실상 인간을 애호하기란 그리 쉬운 일이 아니기 때문입니다.

　이쯤해서 당신은 자연스레 이런 물음을 가질는지도 모르겠습니다. 인간을 애호하는 데 필요한 자질이나 자격에 대해서 말입니다. 뭐, 자격 따윈 논할 필요가 없으니 생략하겠습니다. 인간이 인간을 애호하는 데 무슨 자격이 필요하겠습니까? 자격을 운운하는 사람은 인간 혐오가다운 면모를 갖췄으면 갖췄지, 애호는 글렀다고 봐도 무방합니다.

그럼에도 굳이 애호의 자질이랄 게 있다면 맹목盲目, 오로지 그뿐입니다. 아름다움과 추함을 감별할 수 있는 빼어난 안목을 가지려 해선 안 됩니다. 예술의 우위를 가릴 때나 써먹는 미적 잣대 따윈 무시하는 게 좋습니다. 그런 감별안이랄까 심미안은 인간을 애호하는 데 있어서는 거의 불필요하다고 볼 수 있습니다. 인간만이 아닙니다. 무언가를 애호한다는 건 미추에 대한 분별, 귀천에 대한 분별 여하튼 분별이라는 지각을 버리겠다는 선언 아니겠습니까?

기호의 대상을 넘어 애호의 대상으로 삼는다는 건, 미와 추를 동시에 사랑하는 거나 다를 바 없습니다. 아름다운 것에 즉각 감탄하는 동시에 추한 것에 탄성을 내지르는 마음, 바로 그 이율배반적이고 무분별한 애정을 갖춘 사람만이 스스로 애호가라고 칭할 자질을 갖췄다라고 말할 수 있는 겁니다.

내가 오직 인간을 애호하는 이유 중 하나는 오직 인간만이 멸종의 권리를 누리기 때문입니다. 멸종滅種, 인간은 누구라도 마음만 먹으면 한 종種을 멸할 수 있습니다. 대단한 권력입니다. 그토록 강력한 힘을 억누르는 더 강력한 힘을 내재한 존재가 바로 인간입니다. 하지만 모든 인간이 억압과 조절의 과정을 인내하지 않습니다. 분출과 폭파를 즐기는 인간도 많습니다. 1945년 히로시마에서 벌어진 일이 바로 그러합니다.

아주 단순하게 요약하면, 누군가 쏘아올린 학살용 폭탄 하나가 히로시마에 떨어졌습니다. 저는 그 일에 대해서 이렇게 받아들입니다. 그날 그 순간 인간이야말로 전 種종을 통틀어 가장 무분별한 존재라는 사실이 여실히 입증되었다고 말입니다. 인간은 타인을 멸하거나 자신을 멸하거나 둘 중 하나는 반드시 해내고야 마는 존재가 분명합니다. 고백하자면 제가 인간을 애호하게 된 것은 바로 그날부터였습니다. 모든 인간이 멸종의 권한을 알게 되고 그 힘을 어떻게 쓸지 자의적 판단을 내릴 수밖에 없었던 바로 그날부터 말입니다.

지금 당신이 어떤 표정으로 내가 하는 이야기들을 읽고 있을지 잘 압니다. 내심 언짢겠지요. 불쾌하겠지요. 그런데도 당신은 지금 미소를 짓고 있을 겁니다. 상대에 대한 혐오와 증오를 가감 없이 드러내는 대신 상대의 이야기를 끝까지 들어나 보자는 심정으로 일단 참고 견디려고 하겠지요. 속으로는 내가 거들먹거리길 좋아하고 잘난 체하길 즐기는 사람일 거라고 단정하면서, 인류 멸망을 바라는 극한의 비관주의자일 거라고 속단하면서 억지 미소를 짓고 있을 겁니다. 아마 내 추측이 맞을 겁니다. 이것이 내가 인간을 애호하는 이유 중 하나입니다.

이제 아시겠습니까? 모름지기 인간이라면 혐오와 증오의

마음을 숨길 수 있어야 합니다. 작위적으로 살 수 있어야 합니다. 그래야 평범해집니다. 인간의 생활이라는 것은 기만의 기만입니다. 의심의 의심입니다. 생각하면 생각할수록 오리무중입니다. 웃어도 웃는 게 아닙니다. 울어도 우는 게 아닙니다. 살아도 사는 게 아닙니다. 죽어도 죽은 게 아닙니다. 나는 그런 말을 하는 사람을 아주 많이 봐 왔습니다.

일례로 말입니다. 내가 우연찮게 알게 된 어떤 사람은 마치 필경사처럼 남이 해준 이야기를 꼼꼼히 받아 적고, 그럴싸한 제목을 달아 주고, 책으로 만들어서 팝니다. 남들은 그를 소설가라고 부르는데 그 자신만은 필경사라고 박박 우깁니다. 이야기를 지어 내는 사람보다 이야기를 전해 주는 사람이고 싶다는 건데, 그 때문인지 남들의 이목을 끌기는 해서 먹고 살 만큼의 벌이는 된다고 들었습니다.

1945년 그해 나는 우연찮게 그의 소설을 읽은 적이 있는데, 나와 같은 인간 애호가라는 걸 단번에 알아챘습니다. 어쩌면 나보다 한 수 위일지도 모르겠다는 기대마저 들었습니다. 너무 늦게 그를 알게 된 건 아닌가, 억울하기까지 했습니다. 나는 단박에 매혹당했습니다. 그의 소설에 등장하는 사람들은 죄다 작위적이기 이를 데 없고, 자기모순에 빠져 허우적대다가 기어이 타인을 망가뜨리고, 결국 자신마저 망가지고야 마는 파국을 맞이하기 때문이었습니다. 그래도 그들은 살아남았습니다. 아무도 살해당하지 않았습니다.

인간은 삶을 영위하지 않습니다. 인간은 삶을 '작위'합니다. 그러니 이야기가 되는 것 아니겠습니까? 그는 나보다 먼저 그 사실을 간파한 사람입니다. 굳이 그의 정체를 밝히지는 않겠습니다. 이만한 설명만으로도 당신은 이미 그가 누구인지 알아챘을 겁니다. 다만 편의상 널리 알려진 그의 필명 대신 상대적으로 덜 알려진 실명으로 언급하겠습니다. 修治.[1] 소리 나는 그대로 읽으면 수치, 그의 진짜 정체는 수치입니다.

나는 당장 수치를 만나 보고 싶었습니다. 그에게 진정한 애호를 느꼈습니다. 우연인지 필연인지 그날 신문에 그의 소식이 실렸습니다. 공교롭게도 바로 그날 신작 소설을 연재하기 시작했더군요. 그날부터 매일 아침 그의 소설이 실린 신문을 사서 집으로 돌아와 종일토록 거듭 읽는 게 일과가 됐습니다. 소설의 마지막 회가 실린 날, 그의 사진이 대문짝만하게 실렸습니다. 그가 도쿄로 돌아온다는 소식도 들을 수 있었습니다. 어쩌면 그를 만날 수도 있으리라는 희망에 들뜬 나머지 그날 밤은 밤새 잠을 설쳤습니다. 다음날 아침, 나는 신문에 실린 그의 사진을 정성껏 오려 냈습니다. 바로 이겁니다. 내가 사진으로나마 처음 대면한 수치의 얼굴입니다.

자세히 들여다보지 않아도 알 수 있었습니다. 그의 얼굴에

---

[1] 다자이 오사무의 본명인 쓰시마 슈지津島修治를 가리킨다. 국어사전에 등재된 '修治'는 '수치'로 표기되며 '법제하다'라는 뜻을 지닌다.

황현진 75

는 표정이랄 게 없었습니다. 스산했습니다. 불길했습니다. 무엇보다 사진 속 수치는 누군가의 이야기를 경청하고 받아 적는 사람의 자세가 아니었습니다. 인간을 애호하는 자의 눈빛이 아니었습니다. 인간에 대한 분별없는 감탄과 탄성을 간직한 자의 눈이 아니었습니다. 그런데도 나는 언제라도 그의 얼굴을 눈앞에 떠올릴 수 있을 만큼 매료됐습니다. 실망하긴 일렀습니다. 그 역시 작위에 능했던 겁니다.

작위를 작위하는 인간이라니, 나는 거의 희열에 가까운 찬탄을 느꼈습니다. 하루도 빠짐없이 가슴 주머니에 그의 사진을 품고 다녔습니다. 출판사 주변을 어슬렁거리며 그가 나타나기만을 기다렸습니다. 처음에는 우연히 마주치더라도 한눈에 그를 알아볼 수 있기만을 바랐는데, 언젠가부터 나는 그가 나타날 만한 장소를 찾아 주변을 배회하게 됐습니다. 오래 기다리진 않았습니다.

2월 하순, 날씨는 꽤 쌀쌀했지만 한낮이면 땅속 깊은 곳에서부터 습한 기운이 올라오던 무렵이었습니다. 일교차 때문인지 아침과 저녁마다 안개가 거리 곳곳을 자욱하게 뒤덮곤 했습니다. 그날도 그러했습니다.

늦은 오후였습니다. 아직도 그가 나를 향해 다가오던 모습을 기억합니다. 나는 짐짓 누군가를 기다리는 체하며 무방비한 상태의 그를 주시했습니다. 그가 어떤 옷을 입었는지는 잘 기억나지 않습니다. 상상했던 것보다 키가 커서 놀랐던 것은 기억합니다. 사진 속 표정 그대로였던 그 얼굴은 더욱 또렷하게 남아 있습니다. 충격적인 것은 막상 그를 보고 나니 무엇이 그의 진짜 얼굴에 더 가까운지 종잡을 수 없게 돼버렸다는 겁니다.

그가 출판사 입구에 거의 다다랐을 때, 그의 얼굴이 손에 잡힐 듯 가까워졌을 때, 나는 보고야 말았습니다. 그가 히죽 웃는 걸 말입니다. 장난기 어린 소년의 미소 같기도 하고 잔인한 본성을 숨긴 악인의 미소 같기도 한 그 표정이 일순간 그의 얼굴을 장악하는 걸 나는 봤습니다. 그토록 생생하게 살아있는 인간은 처음 봤습니다. 소름이 끼치더군요. 처음으로 인간을 애호하는 일에 대해 두려움을 느꼈습니다. 완벽에 가까운 인간을 마주한다는 건 공포 그 자체였습니다.

수치, 부끄럽게도 나는 그에 압도당했습니다. 어쩌면 인간이란 애호의 대상이 아니라 숭배의 대상일지도 모른다는 깨달음마저 들었습니다. 멸종의 권한, 그의 히죽거리는 얼굴에서 내가 본 건 바로 그것이었습니다. 언제라도 종을 멸할 폭탄을 쏘아올린 버튼을 누를 수 있는 사람만이 가지는 가소로움 같은 게 분명 그 얼굴에 서려 있었습니다. 나는 그가 쏘아올릴 폭탄의 실체가 무엇일지 궁금했습니다. 내가 수치의 뒤를 밟기로 결심한 이유입니다.

나는 출판사 건너편 찻집에 앉아 그가 나오기만을 기다렸습니다. 얼마 지나지 않아 그가 다시 나타났습니다. 아마도 출판사 직원인 듯한 한 무리의 사람들이 뒤따라 나왔습니다.

그들은 수치를 둘러싸고 한참을 떠들었습니다. 누군가는 그의 소매를 끌어당기고 누군가는 그의 어깨를 끌어안았습니다. 어딘가로 데려가고 싶은 모양인데 아마도 그가 마다하는 것 같았습니다. 결국 실랑이 끝에 그는 혼자 남았습니다.

생각보다 그는 꽤 유명 인사였습니다. 그에게 아는 체를 하며 다가오는 사람이 한둘이 아니었습니다. 그때마다 그는 굉장히 바쁜 일이 있는 것처럼 허둥지둥 손인사만 하고 헤어지기 일쑤였습니다. 그의 걸음이 점점 빨라지는 것 같아 나는 용기를 내어 길을 건넜습니다. 그의 뒤를 바짝 쫓기 시작했습니다.

횡단보도 앞이었습니다. 저 앞에서 중절모를 쓴 중년 남자가 그를 보고는 큰 목소리로 그의 이름을 외쳤습니다. 찰나였지만 수치의 어깨가 움찔하더군요. 하지만 그는 금세 평정을 되찾았습니다. 기다렸다는 듯 횡단보도를 건너더니 중절모의 손을 우악스레 잡고 흔들었습니다. 선생님, 선생님. 곡진하게 중절모를 우대하며 고개를 조아리더니 돌연 집에 무슨 일이 생겨서 급히 가는 길이라며 울상을 지어 보였습니다. 그러자 중절모가 수치의 어깨를 붙잡고 음흉하게 물었습니다.

어느 집 말인가?

수치는 전혀 당황하는 기색 없이 대답했습니다.

그야 도착해 봐야 아는 것 아니겠습니까?

그때까지만 해도 나는 그가 실없는 소리를 즐기는 줄로만

인간 애호

알았습니다. 작위를 할 줄 아는 사람이라면 허무맹랑한 농담으로 자신의 삶을 은폐할 줄 아는 법이니까요.

다시 혼자가 된 그는 좁고 어둔 길로만 걸었습니다. 아무리 봐도 집으로 가는 길은 아닌 듯했습니다. 곧 어둑어둑해져서 나는 좀 전보다 과감하게 그의 뒤를 밟았습니다. 스멀스멀 안개가 피어올랐습니다. 착시인지 환시인지 기묘한 느낌이 자꾸만 들었습니다. 마치 그가 향하는 쪽으로 어둠이 몰려가는 듯했습니다. 그의 뒤를 쫓는 게 비단 나뿐만은 아닌 듯했습니다.

다행히 그는 내 존재를 전혀 눈치채지 못했는지 한 번도 뒤를 돌아보지 않았습니다. 육교를 지나고 가파른 내리막길을 지났습니다. 가로등도 없는 좁은 골목길에 들어섰습니다. 찬 기운이 훅 끼쳤습니다. 그 역시 갑작스런 추위를 느꼈는지 얇디얇은 코트 자락을 바짝 여미며 걸음을 재촉했습니다.

몹시 고요하고 적막한 길이었습니다. 해가 진 탓인지도 모르겠습니다만 내 발소리가 내 귀에도 너무 크게 들렸습니다. 나는 그에게 들킬까 봐 골목길 어귀에 멈춰 섰습니다. 가로등에 몸을 숨기고 그의 뒷모습을 지켜봤습니다.

골목은 진창이었습니다. 폐지가 실린 리어카 한 대가 골목길 한가운데 서 있고, 그 주변에는 누군가 쓰다 버린 물건들이 너저분하게 나뒹굴었습니다. 음식물 쓰레기가 가득 찬 양동이들이 군데군데 놓여 있었는데 악취가 진동했습니다. 한

눈에 봐도 몹시 더러운 길이었습니다.

하지만 그에게는 퍽 익숙한 길이었던 것 같았습니다. 그는 주위를 둘러보는 법 없이 오로지 바닥만 내려다보면서 바삐 걸어가고 있었습니다. 삐쩍 마른 고양이들이 그를 피해 도망을 쳤습니다. 날카로운 울음을 내지르기도 하고 위협하듯 풀쩍 뛰어오르기도 했는데 그는 전혀 놀라는 눈치가 아니었습니다. 주위의 소란과 위협에도 아랑곳하지 않았으며 조금도 속도를 늦추지 않았습니다. 정신이 팔린 건지 귀가 어두운 건지 모르겠으나 수상한 인기척에도 아무 관심이 없어 보였습니다.

아마도 그때가 저녁 일고여덟 시쯤 됐을 겁니다. 나는 용기를 내어 가로등 뒤에서 나왔습니다. 다시 그의 뒤를 밟으려던 그 순간 골목길의 술집들이 일제히 불을 켰습니다. 술집 처마 끝에 달린 여러 개의 주황빛 등이 마치 조등처럼 환하게 불을 밝혔습니다. 그 순간 골목을 가득 채운 쓰레기들은 보이지 않고 고양이들도 사라지고 길게 이어진 빛의 행렬만 또렷해졌습니다. 그가 걸음을 멈춘 것도 바로 그 순간이었습니다.

수치는 갑자기 몸을 틀어 어느 술집 안으로 들어갔습니다. 나는 더러운 물이 바지 자락에 튀지 않게 슬금슬금 걸어서 술집 앞에 섰습니다. 조그만 창문이 있어서 술집 내부가 훤히 보였습니다. 서너 평이 될까 말까 한 작은 술집이었습니다. 테이블은 고작 네 개뿐이었는데 그마저도 다닥다닥 붙어 있었습니다.

그는 벽을 보고 앉아 있었습니다. 혼자였습니다. 직원이 그에게 술을 갖다 주었습니다. 단골이었는지 그의 잔에 술을 넘치게 따라 주더군요. 그게 다였습니다. 직원은 제자리로 돌아갔고 그는 홀짝홀짝 술을 마셨을 뿐입니다. 간간이 뭔가를 끄적거리는 것 같긴 했는데, 그마저도 잠시였을 뿐 대체로 멍하니 벽만 바라봤을 뿐입니다. 어쩐지 시시해져서 이제 그만 집으로 돌아가려는 데 그가 일어섰습니다. 갑자기 뒤를 돌아봤습니다. 흐릿한 간유리 너머로 그와 내 눈이 마주쳤습니다. 그리고 바로 그 순간, 그가 또 히죽 웃었습니다.

정말로 이상한 일은 그 직후에 벌어졌습니다. 나도 모르게 그를 향해 히죽 웃었던 겁니다. 장난기 어린 소년의 미소 같기도 하고 잔인한 본성을 숨긴 악인의 미소 같기도 한 그 미소를 어느새 내가 따라 하고 있었던 겁니다. 아주 잠시에 불과했지만 우리는 같은 표정으로 서로를 마주했습니다. 나는 도망치듯 자리를 떠났습니다. 두려웠습니다. 분별없이 인간을 애호해 왔던 내가 단 한 사람을 편애하는 인간으로 남을까 봐 너무너무 두려웠습니다.

한 몇 달간은 집에 틀어박혀 꼼짝도 않고 보냈습니다. 다시 외출에 나섰을 때는 벚꽃이 흐드러지게 핀 봄날이었습니다. 어디에서도 수치를 만날 순 없었습니다. 그가 나타날 법한 곳을 매일 돌아다녔지만 그는 아무 데도 없었습니다. 감쪽같이 사라져 버렸습니다. 그를 영영 잃어버린 것 같았습니다. 내가 그를 미아로 만들어 버린 것 같았습니다. 나는 하루가 멀다 하고 도쿄의 출판사 곳곳을 맴돌았습니다.

그러다 우연히 그가 새 소설을 집필 중이라는 이야기를 전해 듣게 됐습니다. 마음은 놓였지만 하루 이틀 지나니 욕심이 났습니다. 누구보다 먼저 그의 소설을 읽고 싶었습니다. 나는 그의 소설을 좋아한다기보다 그의 소설에 등장하는 주인공의 정체를 알고 싶었습니다. 그들 곁을 맴돌면서 자칭 인간 애호가로서의 기쁨을 누리고 싶었습니다. 하다못해 소설을 쓰는 그의 모습이라도 훔쳐보고 싶었습니다. 그럴 수만 있다면 나의 하루는 더할 나위 없는 기쁨으로 충만해질 거라 기대했습니다.

나는 그의 집을 알아내려고 온갖 수를 다 동원했습니다. 하지만 막상 그 집에 가면 그는 거기 살지 않았습니다. 그가 어디 사는지 아무도 모르고 있는 게 분명했습니다. 나는 그제야 집이 어딘지는 도착해 봐야 아는 것 아니겠냐던 그의 말이 진심이었음을 알았습니다.

하는 수 없이 처음 그를 만났던 출판사 앞을 배회하기 시작했습니다. 거기 말고는 달리 그를 기다릴 만한 곳이 없었습니다. 아침부터 오후까지는 출판사 언저리를 돌아다니고 오후부터 저녁까지는 술집이 있던 골목길 주변을 돌아다녔습니다. 오직 그 여정만이 내가 아는 수치의 전부였기 때문입니다.

벚꽃이 지고 골목 곳곳에 붉은 장미가 피어나던 5월 끝자락이었습니다. 흉흉한 소문이 돌기 시작했습니다. 출판사 앞 찻집에 죽치고 앉아 있는 사람들 입에서 수치의 이름이 오르락내리락했습니다. 수치가 결핵에 걸렸다는 겁니다. 각혈을 하는 걸로 봐선 병세가 매우 위중하고, 아무래도 살날이 얼마 안 남은 것 같다고 했습니다. 그의 원고에도 결핵균이 묻어 있을지 모르니 혹 우편이 도착하면 반드시 소독부터 먼저 하라고 서로에게 신신당부하더군요. 우연히 마주치기라도 하면 피하는 게 상책이라고도 하더군요.

저는 그들을 기억하고 있습니다. 그들은 수치의 손을 잡아끌고 어깨를 끌어안던 그 사람들이었습니다. 어떻게든 그를 잡고 놓아 주지 않으려던 그들의 모습은 온데간데없었습니다. 그들에게 수치는 불결하고 불길한 터부, 그 이상도 이하도 아니었습니다. 히로시마가 통째로 날아간 걸 그새 잊어버리기도 한 것인지 그들은 인간을 얕잡아 보는 몹쓸 버릇을 아직도 못 버린 듯했습니다. 그러니 일말의 작위라곤 없는 겁니다. 죽기 전에 서로를 끌어안는 인간의 본성은 조금도 남아 있지 않은 그들이 내 눈에는 전혀 인간으로 보이지 않았습니다.

이제 아시겠습니까? 도무지 작위라곤 할 줄 모르는 인간이 얼마나 볼썽사나운 존재인지?

한날은 그 술집에서 저녁을 보냈습니다. 수치에게 넘치게 술을 따라 주던 직원과 단골로 보이는 사람들이 술에 취해 수치를 안주삼아 이러쿵저러쿵 씹어 대고 있었습니다. 어딜 가도 수치에 대한 이야기가 넘쳐났습니다. 저간의 이야기를 들어보니 수치의 사생활은 사뭇 복잡했습니다. 말인즉슨 그가 또 아내와 자식을 내팽개치고 다른 여자의 집에 기생하듯 살고 있다는 거였습니다.

사람들은 비아냥거리고 조롱했습니다. 아내의 입장에선 결핵에 걸린 남편이 집에서 죽는 것보다 객지에서 죽는 게 훨씬 나은 일 아니겠냐고 짐짓 위하는 척하더군요. 여차했다간 줄초상을 치러야 할지도 모를 일인데 알아서 떠나 줬으니 얼마나 다행한 일이냐는 겁니다. 배신감은 들겠지만 목숨만은 살린 거나 마찬가지라면서 웃었습니다. 그들은 이구동성으로 수치의 아내야말로 다복한 팔자를 타고났다고 했습니다. 직원은 그들의 말에 맞장구치면서 술을 넘치게 따라 주고 서비스 안주를 쉴 없이 갖다 바쳤습니다.

이야기는 끝없이 이어졌습니다. 수치와 함께 살고 있다는 여자에 대해서도 그들은 꽤 많은 걸 알고 있었습니다. 대단한 가문은 아니었지만 유복한 부모를 뒀으며, 그 덕에 미망인의 처지이긴 하나 생계를 걱정할 만큼 어려운 형편은 아니라는 것을 그들은 마치 자기 이야기인 양 술술 풀어 내더군요.

그들은 그녀에 대해서도 이런저런 품평을 해 대기 시작했는데 그 여자가 제일 가엾다고 했습니다. 지금 상태로 봐선 머시않아 수치는 죽을 게 뻔하고 설령 쾌차하더라도 가족의

품으로 돌아갈 텐데 왜 감염의 위험을 감내하면서까지 병수발을 자처하냐는 겁니다. 그건 자살 행위나 마찬가지라고 그들은 혀 꼬부라진 목소리로 외쳤습니다.

심지어 개중 누군가는 전쟁으로 인구수가 감소한 이 마당에 출산할 생각은 않고 자살할 생각만 하다니, 그야말로 반애국적인 행위라며 고함을 질렀습니다. 가만히 두지 않겠다며 으름장을 놓기까지 했는데, 아주 빈말은 아닌 듯했습니다. 그는 유명 인사들의 사생활을 고발하는 싸구려 잡지의 기자였는데, 수치에 대한 기사를 특종으로 준비하던 중이었습니다. 그는 무척 자신만만했는데 최근 어느 원로 소설가가 수치에 대한 험담과 비난을 연일 쏟아 낸 덕분이었습니다.

수치의 소설은 시시한데 사생활은 난삽하다. 그는 원로 소설가가 했다는 그 말을 수시로 반복하고 강조했습니다. 어떻게든 거기 모인 사람들에게 자기가 하려는 일의 당위성을 주지시켜 보겠다는 그 의지와 노력이 참 눈물겨웠습니다만, 나도 모르게 코웃음이 삐져나오는 걸 참기란 어려웠습니다. 차라리 소설을 쓰지 그래, 그 말을 하고 싶은 걸 억지로 참느라 몹시 곤혹스러웠던 기억이 납니다. 인간 애호가로서 나는 인간의 쓸모를 운운하는 것이야말로 가장 쓸모없는 짓이라고 믿지만, 가끔은 저런 류의 인간을 맞닥트리면 나도 모르게 이런 생각을 하게 됩니다.

왜 저 인간 머리 위로는 돌멩이 하나 떨어지지가 않나.

왜 저 인간은 살아남았나.

그의 새 소설이 공개된 지 며칠 지나지 않아 노골적이고 천박하기 이를 데 없는 기사가 잡지에 실렸습니다. 가판대에 놓인 여러 잡지 중에서 수치의 사진이 조그맣게 실렸더군요. 그 사진이 아니었다면 나는 그 잡지를 구매할 생각조차 안 했을 겁니다. 미망인의 사생활, 잡지 표지에는 보자마자 눈살을 찌푸릴 수밖에 없는 제목이 달려 있고, 속지에는 소설인지 기사인지 알 수 없는 조악한 이야기들이 가득했습니다. 수치의 기사는 그중 하나에 불과했습니다. 거기 처음 본 수치의 사진이 있었습니다.

단 한 번뿐이긴 했지만 내가 본 그가 맞나, 의심스러웠습니다. 다리를 접고 앉은 탓인지 키는 작아 보였고 양복을 입긴 했지만 몸은 덜 자란 소년 같았으며 얼굴은 팍삭 늙어 보였습니다. 소년의 몸에 늙은이의 얼굴을 오려붙인 것처럼 괴이한데, 얼핏 보면 흔하디흔한 중년 남자의 모습 같아서 몹시 평범해 보였습니다.

바지 주머니에 신문이 꽂혀 있는 걸 봐선 그가 한창 연재 중일 때 찍힌 사진 같았습니다. 얼굴은 웃고 있는데 앉은 자세는 금방이라도 떨어질 듯 위태로웠습니다. 담배를 쥐고 있는 손가락에는 잔뜩 힘이 들어갔는지 뻣뻣하기 이를 데 없습니다. 어떻게든 떨어지지 않으려고 제 발목을 붙잡고 있는 모양인데, 그 정도 힘으로 중심을 지탱할 수 있을지 솔직히 의문이었습니다.

볼수록 기이하고 기괴하지 않습니까? 술집 같기는 한데 의자와 테이블의 높이가 맞질 않습니다. 등받이도 없는 높은 의자에 간신히 양반다리를 하고 앉았지만 테이블은 그의 턱에 닿을 만큼 높습니다. 저래 가지고 무슨 술을 마시겠습니까?

그런데도 그는 웃고 있습니다. 사진 속 그는 분명 연기를 하고 있었습니다. 누군가 그런 그의 모습을 보며 웃었을 테고 그는 보란 듯 그 위태로운 의자를 고집했을 겁니다. 그것은 그의 익살스러운 면면을 보여 주는 사진으로 활용할 수도 있었겠지만, 불행히도 사진 속 그는 취한醉漢입니다.

알코올 중독자, 약물 중독자, 섹스 중독자 등 중독에 관한 온갖 단어들이 기사 곳곳에 박혀 있습니다. 사람들은 그가 연기하고 있다는 사실은 꿈에도 모른 채 기사에 적힌 내용만 보고선 그를 손가락질하겠지요.

이미 유명을 달리한 정치가의 방탕한 아들, 미망인의 등골을 빼먹는 지식인 출신의 예술가. 기사를 완독한 사람이라면 그를 혐오하지 않는 게 이상합니다. 어쩌겠습니까? 나는 인간 애호가일 뿐, 혁명가가 아니니까요. 나는 수치 스스로 자신에 대해서 말할 수 있기를, 그런 날이 오기만을 바랐습니다.

그해 첫 번째 태풍은 무시무시했습니다. 돌풍이 불고 폭우가 연일 쏟아졌습니다. 한 일주일은 한낮에도 어두컴컴한 날들이 이어졌습니다. 태풍이 휩쓸고 지나간 6월 중순이었습니다. 물이 불어난 강에선 익사한 사람들의 시신과 죽은 동물의 사체가 떠올랐습니다. 부러진 나무들이 거리에 쓰러져 있었으며 문짝이 날아간 집들도 허다해서 한 며칠은 도시 전체가 소란했습니다.

그 모든 소란이 잠잠해졌을 무렵 수치의 부고가 전해졌습니다. 동반 자살이었습니다. 인간은 타인을 멸하거나 자신을 멸하거나 둘 중 하나는 반드시 해 내고야 마는 존재임이 또 한 번 입증되었지만, 아니 둘 다를 해 낼 수 있는 존재임이 입증되었지만 인간에 대한 나의 애호는 어쩐지 예전 같지 않아졌습니다. 시들시들해졌습니다.

뒤늦게 그의 마지막 소설이 거리에 쏟아졌습니다. 『인간 실격』, 나는 마지못해 그 소설을 읽었습니다. 그의 영정으로 쓰이게 될 사진을 벽에 붙여 두고 그의 소설을 읽었습니다. 이것이 그와 두 번째 만남이라는 생각으로 읽었습니다. 그저 모든 것은 지나간다는 말로 끝나는 한 사람의 이야기에 대해서 무슨 말을 덧붙이겠습니까?

나는 그냥 히죽 웃고 말았습니다. 하지만 나는 종종 그런 의심이 듭니다. 수치는 남의 이야기를 하는 척하면서 사실은 주구장창 자기 이야기만 하고 있었던 건 아닐까? 그렇다면 내가 틀린 겁니다. 그는 나와 같은 인간 애호가가 아니었던 겁니다. 그는 자살했지만 스스로를 멸한 적도 없고 인간이기를 바란 적도 없습니다. 예전 같았으면 나는 그런 부류의 사람들을 무시하고 싫어했을 텐데 솔직히 이젠 이러나저러나 아무 상관없다는 쪽입니다.

뭐, 더 이상 인간이 아니면 어떻습니까? 누군가 버튼 하나만 눌러도 인간은 자멸할 세상인데 말입니다. 네, 그렇습니다. 나야말로 인간 실격입니다. 인류가 자멸하기 전에, 나의 삶이 온전히 지나갈 수 있기를 바랄 뿐입니다. 내가 누구냐고 당신이 묻는다면 가능한 대답 또한 오로지 이뿐입니다. 나는 인간 애호가입니다. 당신도 그럴 수 있기를 바랍니다. 왜냐하면 인간은 삶을 영위하지 않기 때문입니다. 삶을 작위하기 때문입니다.

meta메타 作家작가 위수정

執筆집필 中중 플루토, 너의 검은 고양이

藝術예술 人生인생 야행夜行 망각忘却

旣創作기창작物물 『은의 세계』(문학동네, 2022)

"당신에게도 이 소리가 들리나요? 마음이 쓰이나요?
잊을 수가 없나요? 나와 함께 소리를 따라가 볼래요?
하지만 찾을 수 없을 거예요.
가다 보면 우리가 찾는 게 무엇인지 잊게 될 테니까……."

—위수정

19세기 영국은 정말 지옥이었을 거야.

잭의 이 말이 시작이었던 것으로 나는 기억한다.

잭은 의외로 고집이 세고 지기 싫어하는 기질이 있었다. 잭은 자신의 그런 점을 고치려고 노력 중이라고 했다. 무엇보다 내가 괴롭거든. 난 정말로 무덤덤한 사람이고 싶어. 욱하지 않고, 이불 킥 하지 않는. 평온한……. 그런 노력으로 잭은 자신이 대체로 말이 없고 모나지 않은 무난한 성격의 친구로 통한다,고 내게 말했다. 자신의 그런 기질을 아는 이는 나를 포함한 아주 가까운 몇뿐이라고. 순간 나는 의문이 들었으나 웃으며 고개를 끄덕여 주었다. 왜냐하면 그가 이런 이야기를 한 것이 우리가 처음 만난 날이었기 때문에.

나는 잭이 싫지 않았다. 스스로의 마음을 들여다보고 컨트롤 하려는 의지를 가지고 있다는 점에서. 그리고 무엇보다 나는 그의 외모가 마음에 들었다. 그가 훤칠한 체구에 미남형이었다면 어땠을까. 다행인지 불행인지 나는 그런 유형에 끌리지 않았다. 그러니까, 잭은 뭐랄까, 동물로 치자면 곰을 닮았다. 목이 짧고 통통한 곰. 재빠르진 않지만 느긋한 곰. 아무리 먹어도 살이 찌지 않아 성마른 사람으로 보이는 나와는 달랐다.

나는 잭과 자취방을 공유하는 사이가 되었다. 그러나 우리는 서로를 연인이라고 생각하지 않았다. 우리는 사랑이라는 단어를 한 번도 꺼낸 적이 없었으니까. 잭은 나를 애인으로 여겼을까. 이제 잭이 떠오를 때면 나는 방구석의 작은 붙박이장으로 향하는 시선을 의식적으로 눌러야 했다. 그리고 조용히 안부를 물었다. 잭, 잘 지내고 있어?

우리는 취향이 비슷했다. 술과 담배를 좋아했다. 고딕, 추리, 미스테리, 히어로물과 중국 음식을 좋아했다. 파란색을 좋아했다. 손 잡는 것을 좋아했다. 우리는 비슷한 면이 많았다. 그러니까, 같지는 않았다. 어떤 관계든 함께하는 시간이 많아질수록 그 유사함 속의 차이점이 점점 부각되기 마련인 것일까. 잭은 마블 코믹스를 나는 DC를 선호했다. 잭은 셜록 홈즈를 나는 에큘 포와르를, 잭은 레이먼드 챈들러를 나는 조르주 심농을, 잭은 맥주를 나는 소주를, 잭은 짜장면을 나는 짬뽕을……. 그러나 그런 문제로 크게 다툴 일은 없었다. 그런데 왜 우리가.

 부슬부슬 비가 내리는 어두운 어느 주말이었을 것이다. 소파에 나란히 앉아 내가 그에게 손깍지를 끼자 잭은 슬그머니 깍지를 풀고 내 손을 부드럽게 그러쥐었다. 그리고 한 손으로 리모컨을 눌렀다. 오늘 같은 날에는 영국 영화가 딱인데? 그가 말했고 나는 좋다고 했다. 한참 리모컨으로 검색을 하던 잭은 '프롬 헬'이라는 영화를 찾아 냈다. 이거 봤어?

 아니. 조니 뎁 주연이라는 소개에 왠지 흥미가 가시는 느낌이었지만 잭 더 리퍼를 소재로 했다니 구미가 당겼다. 화면 속 조니 뎁은 미남이었다. 2001년도 영화였고 그때 우리는 세 살이었다. 잭은 잭 더 리퍼에 관심이 많았다. 그래서 잭은 잭이었다. 잭이라는 이름은 미국으로 치면 존이나 같은 거라고 했다. 존 도, 같은 거. 무명. 그런데 결국 그 새끼 못 잡았잖아. 잭 더 리퍼가 오스카 와일드라는 설도 있대.

 오스카 와일드? 루이스 캐럴이 아니고?

 내가 되묻자, 아 그런가? 오스카 와일드일텐데, 하면서 잭은 잡고 있던 내 손을 풀고 휴대폰으로 재빨리 검색을 했다. 내가 착각했네. 루이스 캐럴이 맞네, 하면서도 휴대폰에서 시선을 떼지 않았다. 그리고 우리는 함께 영화를 보았다. 19세기 영국의 분위기를 미국 애들이 담기에는 역시 역부족이라며 잭은 간간이 투덜댔고 나는 그의 투덜거림이 신경 쓰였지만 아무렇지 않은 척했다. 이런 일은 흔했다. 잭이 말하면 내가 정정해주는 패턴. 간혹 반대의 경우도 있었으나 그건 주로 식당 이름 같은 것이었다. 잭은 그런 일에 개의치 않았다. 똘똘한 내가 좋다며 머리를 쓰다듬어 주는 경우가 대부분이었다. 그리고 곰처럼 웃었다. 그런데 그 날은 조금 달랐던 것이다.

영화가 끝난 후 우리는 입맛을 다시며 각자 담뱃갑을 찾았다. 말보로도 메비우스도 딱 한 개피씩 남아 있었다. 우리는 우산 하나를 나누어 쓰고 근처의 편의점으로 향했다. 편의점에서 담배와 컵라면과 도시락을 샀고 익숙한 코스로 근처의 작은 놀이터로 발길을 옮겼다. 비가 내려 비릿하지만 나름 신선한 공기를 마시며 함께 담배를 피웠다. 그런데 가까운 곳에서 새끼 고양이의 울음소리가 들려왔다. 담뱃갑을 뜯을 때부터 담배 두 대를 다 피울 때까지 그 소리는 멈추지 않았다. 잭은 고양이를 찾아 나섰고 나는 우산을 든 채 계속 담배를 피웠다. 잭이 고양이를 찾아내리라고는 생각지 못했다. 보통, 울음소리만 날 뿐 찾으려 하면 결코 보이지 않는 게 고양이니까. 적어도 나에게는 그랬는데 잭은 찾아냈다. 작고 검은 새끼 고양이를.

데리고 가자.

어미가 있을 텐데.

이게 어미가 있는 꼴이냐. 잭의 퉁퉁한 몸에 안긴 고양이는 물에 젖은 작은 솜뭉치처럼 보였다. 우리는 둘 다 동물을 좋아했다. 하지만 나는 개를, 잭은 고양이를.

잭은 고양이에게 플루토라는 이름을 붙여 주었다. 오늘은 19세기 영국의 밤이야. 내가 검은 고양이를 처음 읽은 게 초 4 때쯤이었거든. 포를 읽지 않았다면 지금의 나는 없었어. 잭의 말에, 지금의 너라는 것이 구체적으로 무엇을 말하는 거냐고 묻고 싶었으나 왠지 시비조로 들릴 수도 있을 것 같아 참았다. 대신, 포는 영국인이 아니고 미국인이라고 말해 주었다. 그러자 조는 장난까냐고, 포는 당연히 영국 사람 아니냐며, 어이없다는 얼굴로 나를 바라보았다. 나는 휴대폰을 꺼내어 인물 검색 결과를 그에게 조용히 내밀었다. 조의 동공이 조금 커졌…… 는지는 모르겠지만 그는 잠시 후, 와, 진짜 미국 사람이라고? 그것도 남부? 하긴, 그러고 보니 그 당시 저택은 남부지. 조는 알 수 없는 말을 웅얼거리며 진지하게 고개를 끄덕이다가, 그래도 너무 이상하다며 포는 영국인이어야 하는 거 아니냐고 내게 동의를 구하듯 물었다. 확실히…… 영국 느낌이 나긴 하지. 나는 말을 한 후 그 '영국 느낌'이라는 것이 뭘까, 생각했다. 잭의 귓불이 조금 붉어져 있었다. 그래도 얘는 플루토야. 가슴에 흰 무늬도 있는 게 딱이야. 잭은 눈에 고름이 잔뜩 낀 새끼 고양이를 소중히 쓰다듬으며 웅얼거렸다. 말투가 왠지 나를 탓하는 것 같기도 해서 괜히 말했나 후회했다. 그래도 애드거 앨런 포가 미국인이라는 것 정도는 알고 있는 게 잭에게도 나을 거라 생각했다. 어쨌든 그 새끼 고양이는 잭의 말대로 플루토라는 이름이 어울리기는 했다. 온몸이 까만 털로 덮여 있었는데 가슴에만 작고 하얀 무늬가 있었다. 다음날 동물 병원에 간 플루토는 허피스라는 바이러스에 감염되었다는 진단을 받아 입원했다. 플루토의 입원 기간 동안 잭은 매일 면회를 갔고 인터넷으로 고양이 물품을 주문하기 시작했다.

일주일 후 병원에서 전화가 왔다. 우리는 플루토의 사체를 받으러 병원에 가야 했다. 게다가 있는 돈 없는 돈을 몽땅 끌어 모아 병원비를 지불해야 했다. 살리지도 못한 주제에 뻔뻔하게 카드를 긁는 직원을 한 대 치고 싶었으나 눈물을 흘리면 할인이라도 해주지 않을까 해서 나는 울어 보았다. 잭의 눈에도 눈물이 그렁그렁했다. 그러나 직원은 안타깝다는 듯 위로의 말을 건네며 정확한 액수가 적힌 긴 카드 전표를 예의바르게 내밀었을 뿐이었다. 썅.

잭은 플루토의 장례를 알아보다 그 비용 또한 만만찮다는 것을 알고 동네 야산 어귀에 플루토를 묻으러 가자고 했다. 잭은 플루토를 위해 샀던 작은 옷을 사체에 입히려다 실패하고 결국 몸 위에 덮어 상자에 함께 담았다. 나는 망을 보았고 잭은 커다란 은행나무 아래에 최대한 깊이 구덩이를 팠다. 플루토를 땅에 묻은 후 잭은 우리만 알아볼 수 있는 표식으로 돌멩이 두 개를 나란히 박아 두었다. 그리고 함께 담배를 피웠다. 그날도 축축한 날이었던가. 땅에서 올라오는 흙냄새를 맡았던 기억이 있다. 담배 맛이 좋다고 생각하며 연기를 내뿜고 있는데 잭이 훌쩍이는 소리가 들렸다. 잭은 눈물을 흘리며 콧물을 닦고 있었다. 커다란 곰이 인형을 묻어 주고 우는 꼴 같아서 웃음이 났지만 잭을 안아 토닥이는 동안에는 표정을 감출 수 있었다. 그런데 잭을 안자 그의 슬픔이 내게도 전해졌다. 갑자기 나도 마음이 아파와 우리는 함께 울었다. 플루토 때문은 아니라고 생각했다. 적어도 나는 그랬다. 그리고 한편으로는 안도했다. 플루토가 나았다면 얼마나 돈이 더 들어갔어야 했을까.

19세기가 문제야. 그때의 인간들 때문에 지금 우리가 이런 고통을 당하는 거야. 도대체 이게 뭐냐? 이걸 산다고 말할 수 있어? 물론 그 당시는 더 끔찍했겠지. 그런데 왜 하필 난 세기말 그것도 변방의 개미로 태어났냐고…… 이 지긋지긋한 자본주의. 집으로 돌아오는 길에 잭은 또다시 19세기 탓을 하며 앞뒤가 맞지 않는 분노를 드러냈다. 내가 포를 읽지 않았으면 플루토를 만나는 일도 없었을 텐데 말야. 다시 웹소설을 써 봐야겠어. 그 방법뿐이야. 그 전에…… 아무래도 영국에 가 봐야 할 거 같아. 잭은 마치 영국에 자신이 해야 할 대단한 업무라도 남겨 두고 온 사람처럼 말했다. 잭의 헛소리를 들으며 나는 다음 달 카드값을 갚기 위해 알바 시간을 늘려야 하나, 고민했다.

안 그래도 좁은 현관에는 고양이 화장실용 모래 포대와 사료, 스크래처 박스 등이 그래도 쌓여 있었다. 나는 밥상을 내려치거나 발로 문을 차거나 하는 종류의 인간이 아니었다. 그래 봤자 내 손발만 아프다는 것을 알고 있었기 때문에. 무

엇보다 그런 짓은 너무 상투적이기 때문에. 그러나 이번만큼
은 예외적으로 그 물건들을 발로 차 버리고 싶은 충동이 순
식간에 머리끝까지 차올랐다. 평소에는 잘 느끼지 못했던 감
정이어서 순간 나는 심장이 두근거리기까지 했다. 그러나 포
장 박스를 가볍게 주먹으로 한두 번 치는 것으로 나는 파괴
욕구를 이겨 냈다. 가볍게 친다고 생각했는데도 힘이 들어
갔는지 손등이 아팠다. 잭은 알아채지도 못한 것 같았다. 내
가 너무 성급했어. 잭은 한숨을 한번 쉬고는 소파에 가서 드
러누웠다. 이거 치워야 하지 않겠어? 나는 화를 누르며 그에
게 물었다. 잭은 고개만 돌려 나와 물건들을 번갈아 보았다.
나중에. 당근에 내놓지 뭐. 나는 그때 잭과 함께한 이후 처음
으로 억울함 비슷한 감정을 느꼈다. 여기는 원래 내 집인데.
잭은 생활비도 줬다 안 줬다 하는데. 물론 장을 봐 주고 요리
나 청소도 군말없이 하긴 하지만 그건 나도 하는 일이고. 그
런데 이런 물건들을 아무렇게나 주문하고 쌓아 두는 것은 싫
다. 플루토를 마음대로 데려온 것도 싫다. 나는 정확하게 동
의한 적이 없는데 병원비에 내 돈까지 쓴 것도. 저렇게 멍청
하게 늘어져 있는 것도 싫다. 싫다…… 아, 이것은 억울함이
아니라 싫은 감정이구나. 혐오구나.

　며칠 뒤, 잭의 이름으로 택배가 또 도착했다. 잭이 상자를
뜯고 검은 벽돌 같은 책을 꺼내 들었다. 『우울과 몽상』 중고
로 4천 원에 샀다며 잭은 좋아했다. 이거 나한테 이미 있는
책인데. 내 말에 잭은, 어? 응. 알고 있어, 하며 얼버무렸으나

잭의 귓불은 거짓말을 하지 못했다. 그때부터였던가. 내가 잭으로부터 조금씩 멀어졌던 것이. 그의 귓불이 붉어지는 꼴을 보고 싶지 않았다.

무엇이든 시작과 끝이 있다. 우리가 상상하기 힘든 거대한 대상이라도 역시 시작과 끝이 있다. 삶도 지구도 태양계도 우주도. 그러므로 관계 역시 시작과 끝이 있다는 것은 너무도 당연한 것이겠지. 그렇다고 끝을 언제나 염두에 두고 살 필요는 없겠지만. 단지, 나는 이 글을 쓰면서 잭과의 끝이 언제 시작되었는가를 짚어 보고 싶었다. 끝의 시작. 그 지점도 분명히 있었을 텐데…… 그게 무슨 의미가 있냐고? 내게는 의미가 있다. 끝의 시작점. 그 느낌을 아는 것. 나는 일종의 학습을 하려는 것이다. 그래서 앞으로 일어날 수도 있는 치명적 사고를 방지하고자 한다. 후회하는 일을 만들지 않기 위해서. 어쨌거나, 플루토가 시작이었다. 비가 내렸던 그 초가을 날. 서울 변두리 원룸촌에 19세기 영국 분위기로 비가 내리던 그날. 에드거 앨런 포는 미국인이라고 내가 지적했던 그날. 잭 더 리퍼는 오스카 와일드가 아니라 루이스 캐럴이라고 정정했던 그날. 사실 그게 무슨 상관인가. 미국인이나 영국인이나. 오스카 와일드나 루이스 캐럴이나. 후……. 잭 더 리퍼는 누구인지 모른다. 영원히. 영원히 알 수 없는 것도 있다. 아무리 알아내려고 애써도.

잭은 고양이 사료와 모래를 작은 붙박이장에 처박아 두었다. 그리고 깃털 달린 낚싯대처럼 생긴 고양이용 장난감을 고양이도 없는 바닥에 대고 흔들었다. 『우울과 몽상』을 몇 장 읽다가 베고 잤다. 그런 모습을 몇 번이나 보았다.

잭은 그 후로 밥을 먹다가도 산책을 하다가도 영화를 보다가도 뜬금없이 포 이야기를 꺼냈다. 고아였잖아. 게다가 알콜릭에 도박 중독. 그 말을 하면서 잭은 잔에 흑맥주를 채웠다. 한 손에는 고양이 장난감을 든 채로. 최근 들어 잭은 할인하는 묶음 맥주 대신 기네스 맥주만 샀다. 근데, 버지니아주에 포 기념관이 있다는 거 알아? 잭이 물었다. 아, 그래? 사실 그쯤은 나도 알고 있었다. 인터넷 검색만 하면 포와 관련된 얘기 정도는 이미 지겹게 많은데 이제 작작 좀 하자고 말해 버릴까, 생각했지만 나는 그저 고개를 끄덕이며 계란말이 하나를 집어 먹었을 뿐이었다. 보들레르 때문에 포가 유명해진 거잖아. 너도 알지? 하이튼 그래서 내가 영국인이라고 생각했나 봐. 잭이 맥주잔을 내려놓으며 무심함을 가장해서 말했다. 그러나 나는 그가 내 표정을 살피고 있다는 것을 알았다. 왜 요즘엔 기네스만 마셔? 나의 물음에 그가 잔기침하듯 몇 번 웃고는 대답했다. 영국 맥주라서.

아닌데? 아일랜드 맥준데.

빙고!

잭은 뭐가 그리 웃긴지 박수까지 쳐 대며 웃었다. 늘어진 턱살에 짧은 목. 그리고 살집을 더 도드라져 보이게 하는 보풀이 인 회색 히트텍. 그때 나의 내부에 찌릿하고 불이 붙었다. 차의 시동을 걸기 위해 끊어진 전선을 갖다 댈 때 파지직하고 일어나는 스파크 같은 것. 내 눈에 잭은 더 이상 무던한 곰돌이로 보이지 않았다. 살을 대고 싶은 마음도 싹 사라졌다.

잭과 나 사이에는 말할 수 없는 그 무엇이 아니라 말하지 않았을 뿐인 허공이 놓인 것인지도 몰랐다. 모든 식어 가는 일들이 그러하듯 허공의 냉기 역시 잔인한 구석이 있었다. 냉기가 스친 가슴께에서부터 소름이 돋았다. 그때 나는 관계의 실선이 이토록 손쉽게 끊어질 수 있다는 사실에 놀랐다. 기다린다는 의식도 없이, 애정이 혐오로 바뀌는 이 순간을 무방비 상태로 맞닥뜨린 기분이었다. 이번에도 나는 속마음을 드러내지 않기로 했다.

나는 맥주잔을 가져와 따른 후 소주를 더했다. 오늘 과음하네? 잭이 웃으며 잔을 잡아 주었다. 설마 화난 건 아니지? 그냥 장난이잖아. 잭의 팔이 내 어깨를 둘렀다. 나는 천천히 그의 팔을 걷어 내며 되물었다. 화? 내가? 왜? 나는 의아한 눈동자로 잭을 바라보았지만 잭은 내 속을 다 안다는 듯 재수없게 빙글거리며 천천히 좌우로 몸을 흔들었다. 그럼, 너 호프만이 어디 사람인지 알아?

호프만. E.T.A 호프만? 나는 흔들렸다. 분명히 알고 있다고 생각했는데 술을 마셔서인지 분노 때문인지 머리가 흐렸다. 그거야, 당연히, 영국이지.

땡!

잭은 기다렸다는 듯 깃털 장난감을 내 머리로 내리치는 것과 동시에 땡을 외쳤다.

독일 사람이잖아. 호프만은. 와, 네가 이런 걸 틀릴 때도
다 있네?

나는 머리가 띵했다. 독일! 독일이라니! 그러나 겉으로는,
아, 맞다. 독일. 내가 취했나 보다.

그럼, 호두까기 인형의 원작자는?

나는 피식 웃으며 잔을 잡고 자연스럽게 말했다. 차이코프
스키. 러시아.

땡!

나는 들었던 잔을 놓았다. 그것도 호프만. 몰랐지롱.

나는 그의 몰랐지롱,을 외칠 때 표정을 지금도 선명히 기
억한다. 몰랐지롱. 몰랐지롱. 그는 몰랐지롱을 말하며 한 손
에 들고 있던 깃털 장난감을 내 얼굴 앞에 대고 흔들어 댔다.
나는 한손으로 깃털을 잡아챘다. 너무 세게 잡아 챈 나머지
깃털이 묶여 있던 낚싯줄에 손을 베었다. 날카로운 통증까지
더해지자 나는 감정 조절에 완전히 실패했다. 그 뒤로 나는
그 낚싯줄로 잭의 목을 감고 있는 힘을 다해 조르…… 려고
했으나 베인 손이 너무 아파서 그만 두었다. 돈이나 갚어. 아
는 거라고는 좆도 없는 돼지 새끼야. 나는 잭의 충혈된 눈을
똑바로 바라보며 낮게 속삭였다. 그 후로 우리가 어떻게 되
었는지는 잘 기억나지 않는다. 그날 나는 고작 소주 반 병을
마셨을 뿐인데. 아닌가, 잭과 일어나서 좀 더 다투다 누가 먼
저랄 거 없이 사과를 하고 화해 기념으로 소맥을 나누어 마
셨던가. 잭이 내 손에 난 상처에 후시딘 연고를 발라 주었던

가. 어쨌든, 다음날 일어나니 내 손에는 붕대가 어설프게 감겨 있었고 잭은 떠나고 없었다. 나는 급히 일어나 옷장과 서랍을 뒤지고 욕실 문을 열어 보았다. 잭의 물건은 어디에도 없었다. 칫솔도 남기지 않았다. 그답지 않게 꼼꼼하게 물건을 챙겼다. 나는 마지막으로 붙박이장을 열어 보았다. 거기에는 여전히 새것 그대로인 고양이 사료와 모래, 그리고 부서진 깃털 장난감이 들어 있었다. 상처난 손바닥이 아팠다. 그러니까 이건, 꿈이 아니었다.

잭에게 전화를 걸어 보았지만 없는 번호라는 안내 멘트가 흘러나왔다. 어떻게 하룻밤 새 한 사람의 흔적이 이토록 완전히 사라질 수 있는 것일까. 집안을 서성이다 해 질 녘이 되어 혼란스러운 머리로 집을 나섰다. 얼마 전 묻어 준 플루토의 무덤을 찾기 위해. 나는 동네 야산 어귀를 한참 뒤졌다. 그새 은행나무 잎이 왕창 떨어져 계속 낙엽을 발로 치워 가며 살펴야 했다. 이놈의 은행나무 싹 다 베어 버려야지. 똥같은 나무. 내 입에서는 멈추지 않고 욕이 흘러나왔다. 그러다 어둠이 완전히 내려앉았을 때에야 나는 낯익은 돌멩이 두 개가 나란히 꽂혀 있는 무덤을 발견했다. 생각보다 그리 크지 않은 은행나무 아래였다. 그날 밤에는 엄청나게 커 보였는데. 나는 그런 생각을 하며 손으로 땅을 파기 시작했다. 사람들이 보거나 말거나 붕대 감은 손으로 미친 사람처럼, 개처럼, 땅을 팠다. 파다 보니 기분이 나쁘지 않았다. 손톱에 흙이 들어와 박히는 느낌이 좋았다. 내가 왜 굳이 이러고 있는지조차 잊고 파는 일에 집중하게 되었다. 행동하는 사람이 된 기분. 나는 희열을 느꼈다. 그런데, 아무리 파도 잭이 묻었던 상자는 나오지 않았다. 그 멍청한 새끼가 얼마나 깊게 판 거야. 나는 혼잣말을 하며 계속 계속 파 보았지만 돌멩이와 흙과 바랜 종이 같은 것만 나올 뿐 상자는 없었다. 온몸이 땀에 젖었고 나는 지쳐서 땅 파는 일을 그만두었다. 나무에 등을 대고 아무렇게나 앉았다. 서늘한 가을바람이 몸을 훑고 지나갔다. 나는 눈을 감은 채 바람을 음미했다. 노동 후의 휴식은 달콤했다. 목이 말랐고 파워에이드를 마셔야겠다고 생각했다. 잭은 게토레이를 좋아했는데……. 그때, 아주 가까운 곳에서 고양이 울음소리가 들려왔다. 작지만 일정한 간격으로. 소름이 등줄기를 타고 올라왔다. 소리는 끊일 듯 끊이지 않고 계속되었다. 고개를 돌리면 플루토가 있을 것 같았다. 그러나 나는 고양이를 찾지 않을 것이다. 고양이는 보이지 않을 테니까. 소리가 나서 찾으려고 하면 결코 찾을 수 없는 것이 고양이니까.

作 정지돈
中 이중사고
人
物

1

줄리아는 종종 채링턴 씨의 이층 방을 떠올렸다. 누덕누덕한 담요와 벽난로 위의 구식 시계, 접이식 탁자와 윈스턴이 사 놓은 유리 문진. 낡고 초라한 방이었고 사상 경찰의 눈을 피해 숨어서 만나는 처지였지만 그 시절이 그리웠다. 그때는 모든 게 분명했다. 사상 경찰과 빅브라더라는 절대 악이 있었고 그들은 진실의 유무를 명백히 가릴 수 있는 뻔뻔한 거짓말을 늘어놓았다. 그녀와 윈스턴은 서로를 진심으로 갈구했고 감시와 공포로 질식할 것 같은 세상의 공기를 피해 채링턴 씨의 이층 방에 숨어들면 그때야 비로소 숨을 쉴 수 있었다.

물론 그때도 짜증 나는 일은 있었다. 다소 우울한 감이 있지만 사랑스럽고 현명한 윈스턴은 세상만사를 자기 잣대로

이중사고

판단했다. 특히 줄리아의 감정이나 성격에 대한 부분이 그랬다. 윈스턴은 툭하면 말했다. 줄리아, 너는 책에 관심이 없잖아, 너는 진실 유무에 관심이 없고 빅브라더의 역사 조작에 관심이 없잖아,라고 말했다. 넌 관능적이고 본능적인 육체를 가진 여자니까, 오로지 현재의 아름다움, 몸으로 감각할 수 있는 세계만 추구하는 여성이니까,라고 말이다.

하지만 줄리아는 책을 좋아했다. 그녀는 윈스턴이 애지중지하는 반구형 유리 문진을 사용했다. 빗방울처럼 독특한 부드러움이 있는 문진 내부에는 분홍색 산호가 들어 있었다. 줄리아는 골드스틴의 책을 읽다가 지치면 문진을 올려 두고 창밖을 보며 새들의 노랫소리를 들었다. 그럴 때마다 윈스턴은 줄리아에게 말했다.

"책도 안 읽으면서 문진은 왜 써?"

그는 깨질까 봐 무서운 듯 문진을 얼른 서랍에 넣었다. 줄리아가 골드스틴의 책을 읽던 중이었다고 말하면, 그럴 리가라고 중얼거리며 고개를 저었다. 자기가 책을 읽어 줄 때마다 졸지 않았느냐고, 대부분의 경우 완전히 곯아떨어졌다고 윈스턴이 말했다.

줄리아는 그 시절을 생각하며 그때 눈치를 챘어야 했다고 생각했다. 윈스턴의 그 태도, 너는 책이나 지식에는 무감한 여자라고 말하는 그 태도. 윈스턴은 야생의 활달함을 가진 모성적이고 생명력 있는 여성이라는 식으로 줄리아를 추켜세웠지만, 그와 자신을 가르는 이분법은 확연했다. 이를테면 자신은 문화고 줄리아는 자연이라는 이분법. 자신은 이성이고 줄리아는 감성이며 자신이 뇌라면 줄리아는 심장이고 등등등. 빅브라더가 거짓되고 순결한 인공의 백색을 상징한다면 줄리아는 진실된 형형색색의 본능을 상징했다. 그 이분법이 여전히 지금의 윈스턴을 지배했다.

지금의 윈스턴. 그랬다. 그들도 믿기지 않지만 빅브라더는 무너졌고 사상 경찰과 내부 당원들은 전범 재판에 회부됐다. 혁명 정부가 세워졌고 모든 정보가 투명하게 공개됐다. 골드스틴을 중심으로 한 레지스탕스가 이러한 쾌거를 이뤘다면 좋겠지만, 사실 해방은 이스트아시아의 승리 덕이었다. 이스트아시아가 오세아니아를 완전히 무너뜨린 것이다.

윈스턴은 새로운 정부의 문화부 차관이 되었다. 그의 레지스탕스 활동, 진실부의 선전 활동에 대한 깊은 이해와 반성, 물 샐 틈 없는 논리와 역사에 대한 해박한 지식이 사람들의 폭넓은 지지를 불러왔다. 윈스턴과 줄리아는 결혼했고 함께 산 지 벌써 이십여 년이 흘렀다. 자유, 진짜 자유가 그들에게 주어진 것이다. 그러나 줄리아는 악몽을 꿨다. 이 자유로움이 왜 예속처럼 느껴지는지 이해할 수 없었다. 때때로 자신의 존재가 거짓처럼 느껴졌다. 윈스턴은 히스테리라고 말했다. "다른 남자가 그리운 거군. 나보다 젊은 남자가 말이야." 줄리아는 고개를 저었다. 윈스턴은 욕구불만으로 인한 스트레스일 거라며 정신과 치료를 권했다.

정말 그래야 하는 걸까. 줄리아는 생각했다. 뭔가 이상했다. 자신을 둘러싼 모든 것이 환상 같았다. 빅브라더도 해방도, 윈스턴도, 심지어 자기 자신도.

2

어느 날 아침 뒤숭숭한 꿈에서 깨어난 줄리아는 자신이 소설 속 캐릭터라는 사실을 깨달았다. 그녀는 피와 살로 이루어진 진짜 인간이 아니라 인도 벵골에서 태어난 영국인 관리의 아들이 쓴 소설 속 인물, 머릿속에서 떠올려 활자로 옮겨적어 놓은 개념, 가상의 캐릭터였다. 줄리아는 그 소설에서 일어난 삶의 결말까지도 생생히 알 수 있었다. 소설 속의 삶은 현재의 삶과는 판이하게 달랐다. 그 삶 속에서 줄리아와 윈스턴은 사상 경찰에 적발되어 모진 고문을 받고 영혼을 빼앗겼다. 빅브라더의 끔찍한 세뇌가 그들의 육체뿐 아니라 정신까지 파괴하고 지배해서 그들은 더 이상 사랑도 욕망도 느끼지 않는 존재가 되었다. 또 다른 삶이 너무나 생생히 떠올라 줄리아의 눈에서 눈물이 저절로 흘러내렸다. 동시에 또 다른 삶이 줄리아의 머릿속에 떠올랐다. 그 삶에서 줄리아와 윈스터는 탈출을 결심한다. 그들은 몰래 만든 뗏목을 타고 이스트아시아로 망명한다. 갖은 고생 끝에 그곳에 도착하지만 이스트아시아는 그들에게 난민 자격을 주지 않는다. 뿐만 아니라 이스트아시아 정부는 그들을 간첩으로 의심해 감시하고 나중에는 오세아니아를 무너뜨리기 위한 선전 도구로 활용한다. 그곳은 또 다른 의미의 지옥이었고 견디다 못한 윈스턴은 자살로 생을 마감한다.

줄리아는 땀에 젖은 자신의 몸을 만졌다. 옆에는 아무것도 모른 채 쿨쿨 잠들어 있는 윈스턴이 있었다. 그는 잠꼬대를 하곤 했다. 2분 증오의 오래된 기억이 아직 그의 무의식을 점령하고 있는 듯 몸을 꿈틀거리며 빅-브, 빅-브, 빅-브,라고 외쳤다. 그러나 그 목소리는 힘이 없고 갈라지고 탁했다. 윈스턴은 노인에 가까웠다. 그의 몸에서는 부정할 수 없는 죽음의 냄새가 났다. 반면 줄리아는 아직 젊음을 유지했다. 그녀는 고작 40대 중반이었다. 어쩌면 윈스턴의 말이 맞는지도 모른다. 줄리아는 다른 남자를 만나고 싶은 것일지도 모른다. 하지만 그녀는 도리질 쳤다. 다른 남자라니. 지금 그녀의 마음속에 깃든 생각은 그런 차원의 것이 아니었다. 이 생각은 너무나 형이상학적으로 모순적이고 불가능해서 그녀를 옴짝달싹 못하게 옭아맸다. 또 다른 삶이라니! 내 삶이 픽션이라니! 나는 피와 살로 이루어진 인간인데 어째서 나에게 다른 삶들이 존재하는 걸까. 그녀는 그 삶-소설들에 대한 사람들과 세상의 반응 역시 알고 있었다. "역사상 가장 훌륭한 디스토피아 소설!" "가장 강렬한 경고!" 언론과 비평가와 독자들의 찬사가 이어지는 어느 영국 작가의 소설. 하지만 그녀가 소설 속의 인물이라면 어떻게 그 소설에 대한 소설 밖의 반응을 알 수 있겠는가. 심지어 그녀는 그 반응에 대한 반응까지 알고 있었고 그 뒤에 이어진 패러디와 프리퀄, 오마주 등등 수많은 변주들, 그 변주에 대한 반응들까지 알 수 있

이중사고

었다.

줄리아는 자신이 그 모든 이야기를 읽었다는 사실을 깨달았다. 어떻게 그런 일이 가능할까. 이것들이 실제로 존재한다면, 지금의 나는 실재일까 아닐까. 줄리아는 그때 자신에게 말하고 있는 어떤 목소리가 있다는 사실을 깨달았다. 목소리는 말했다. 줄리아, 너는 생각 없고 정치에 무심하고 섹스만 쫓는 쾌활한 본능의 메타포가 아니라, 깊이 있고 반성적인 사유의 소유자야. 너는 현실을 의심하고 윈스턴의 사고 내부에 잠재된 문화적 이데올로기의 맹점을 포착하고 문화혁명을 일으킬 수 있는 존재야. 너는 한낱 여성이 아니고 젠더 규범을 뛰어넘는, 규정할 수 없는 존재야.

하지만 줄리아는 목소리가 하는 말에 선뜻 동의할 수 없었다. 설득 되는 말 속에 설득 되지 않는 말이 있었고, 설득 되지 않는 말 속에 설득 되는 말이 있었다. 그녀를 기록한 모든 종류의 삶과 생각들이 그녀에게서 가까워지는 동시에 멀어졌다. 그때 그녀의 머릿속에 이중사고라는 단어가 떠올랐다. 오랫동안 잊고 있던 단어였다. 빅브라더의 발명품, 오세아니아의 초전체주의 사회를 가능하게 만든 궁극의 개념. 이중사고는 서로 모순적인 두 개의 믿음을 동시에 마음에 품고 둘 다 받아들이는 능력을 뜻했다.

줄리아는 조심스레 침대에서 일어나 서재로 향했다. 그녀는 서재의 구석에서 먼지 쌓인 골드스틴의 책을 찾아냈다. 골드스틴은 이중사고를 이렇게 정의했다. "고의로 거짓을 말하면서 진심으로 그 거짓말을 믿는 것, 불편해진 사실은 모두 잊어버리는 것, 그리고 다시 필요해지면 망각 속에서 그 기억을 꺼내 와서 딱 필요한 만큼만 사용하는 것, 객관적인 현실의 존재를 부정하면서도 자신이 부정한 현실을 염두에 두는 것, 이 모든 것이 반드시 있어야 한다. 이중사고라는 단어를 사용할 때조차 이중사고를 실천할 필요가 있다."

골드스틴의 정의는 옳았지만 뭔가 부족했다. 그는 이중사고를 거짓을 말하면서 거짓을 믿는 정도의 자기기만으로 한계 지었다. 하지만 이러한 사고방식은 인간이라면 누구나 가진 것이었다. 진짜 이중사고는 그게 아니었다. 진짜 이중사고에서는 진실이 이중이었다. 거짓과 진실 중의 하나가 아니라 진실과 진실이 모순되게 존재하는 것, 기존의 진실과 만들어진 진실이 구분 불가능하게 혼재되는 것, 그 속에서 픽션을 인식하는 동시에 망각하는 것, 그것이 이중사고였다. 다시 말해 진실 안에서 진실을 꾸며 내는 것이 이중사고의 핵심이었다. 이 이중의 진실은 각각의 고유의 진실을 창조하고 이 이중의 진실 역시 이중의 진실을 창조하며 이 이중의 진실 역시 이중의 진실을 창조하고⋯⋯.

3

윈스턴은 줄리아가 드디어 미쳐 버렸다고 생각했다. 빅브라더에게 지배당할 때는 한 권의 책도 제대로 읽지 않던 여자가 갑자기 매일 밤낮으로 책을 읽더니, 픽션과 현실을 구분하지 못하게 된 거라고 생각했다.

줄리아는 윈스턴에게 딱 한 번만 자신의 부탁을 들어달라고 간청했다. 줄리아의 부탁은 과거 사랑부 청사 안에 있었던 감방에 견학하러 가는 것이었다. 사랑부 청사의 감방은 해방 이후에도 그 자리를 지키고 있었다. 해방 정부는 어두운 과거의 기억을 잊지 않고 보존하기 위해 감방을 박물관으로 운영했다. 그중 101호실은 특히 유명한 인기 코스였다. 101호실 안에서 자행된 온갖 끔찍한 고문과 협박은 전범 재판을 통해 만천하에 공개됐다. 사상 경찰인 오브라이언은 모든 것을 자백했다. "세상 최악의 것……."이 있는 곳이라고. 세상 최악의 것은 인간을 불태우는 것일 수도 있고 물에 빠뜨리는 것일 수도 있고 말뚝에 꿰는 것일 수도 있다. 사람마다 최악의 것은 달랐다. 빅브라더는 개인별로 최악의 것을 찾아내 극한의 고통을 선사했으므로 101호실 안에서 멀쩡한 정신을 유지하는 사람은 아무도 없었다.

윈스턴 역시 101호실의 역사는 익히 알고 있었다. 그의 동료들 중 몇몇이 101호실에 들어가 감정을 잃은 꼭두각시가 된 적도 있었다. 그 아픈 기억 때문에 윈스턴은 101호실이 박물관이 된 뒤에도 찾아가지 않았다. 분노와 공포가 여전히 그의 마음속에 들끓었다.

줄리아는 그곳에 가야 한다고 말했다. 그러면 기억이 떠오를 거라고, 당신의 삶이 하나가 아니라는 사실을 알 거라고. 윈스턴은 줄리아의 마지막 부탁을 들어주기로 했다. 101호실을 보고 난 뒤 줄리아를 정신병원에 보낼 것이다. 그녀는 자유를 견디지 못했다고, 오히려 빅브라더에 의한 예속 상태를 그리워했다고 의사에게 말할 것이다.

그러나 101호실에 방문하는 순간 윈스턴은 충격으로 쓰러질 뻔했다. 그의 뇌용량을 초과하는 끔찍하고 생생한 기억이 순식간에 몰아닥쳤다. 오브라이언이 윈스턴을 쥐가 가득한 우리 속에 가두는 모습이 떠올랐다. 아니, 떠오른다는 말로는 부족했다. 느껴졌다. 윈스턴은 울부짖으며 자백했다. 다른 사람도 아닌 줄리아를 대신 잡아넣어 달라고, 사랑도, 믿음도 모두 의미 없으니 그녀를 잡아가라고 소리쳤다.

윈스턴은 신음하듯 그 자리에 쓰러졌다. 뒤이은 수많은 기억이 떠올랐다. 영혼을 잃은 그가 밤나무 카페에서 줄리아를 만나는 모습, 오브라이언의 뒤통수에 총을 대고 방아쇠를 당기는 모습, 사상 경찰에 의해 가스실로 끌려가는 모습 등등⋯⋯.

"이제 어쩌지." 윈스턴이 줄리아에게 말했다. 빅브라더의 통제에서 벗어난 줄 알았는데 그것보다 훨씬 더 형이상학적이고 근본적인 통제가 있었다. 이 통제는 너무나 근원적이고 존재론적이어서 어떻게 사유해야 할지도 알 수 없었다. 줄리아가 윈스턴의 손을 잡고 일으켰다. 어떻게 해야 할지 그녀 역시 몰랐다. 그러나 그녀는 윈스턴의 모습을 보며 한 가지를 짐작할 수 있었다. 이 거짓으로 만들어진 세계가 생각보다 철저하지 않다는 것을. 세계는 빈틈없이 통제될 수 없다

이중사고

는 사실을.

4

기호는 줄리아가 마음대로 되지 않는다는 것을 깨달았다. 캐릭터가 살아 움직인다는 작가들의 오랜 격언이 이런 건가 싶었다. 하지만 줄리아는 그런 신비주의에 가까운 모호한 수사와는 차원이 달랐다. 캐릭터가 스스로 자신의 길을 가며 서사를 진행하는 게 아니었다. 줄리아는 소설을 엉망진창으로 망가뜨리고 있었다. 기호가 섬세하게 쌓아 놓은 설정과 플롯을 해체하고 모든 것을 원점으로 돌렸다. 이야기는 극도로 무질서해졌고 캐릭터들은 정신분열증에 걸려 각자의 망상 속에 처박히거나 일관성 없는 행위 사이를 널뛰듯 옮겨 다녔다.

이건 쿠데타야. 기호가 생각했다. 소설 속 캐릭터가 쿠데타를 일으키고 있어. 줄리아가 작품과 작가를 망쳐 놓고 있었다. 소설을 완성해서 출간하려면 캐릭터는 살아 숨 쉬되 적당히 살아 숨 쉬어야 했다. 캐릭터는 소설의 완성을 위해서 희생될 필요가 있었다. 다양성과 복합성을 줄이고 특정한 상징으로, 갈등과 구원의 플롯 속으로 걸어 들어가야 했다. 그러나 줄리아는 거부했다. 줄리아는 한 권의 책으로 압축할 수 없는 엔트로피의 폭발을 야기했다. 처음에는 윈스턴을 각성시켰고 다음에는 오브라이언을 각성시켰으며 다음에는 사임을, 다음에는 채링턴 씨를 각성시켰다. 그들은 또 다른 사람을 각성시켰고 다른 사람들은 또 다른 사람들을……. 이야기는 꼬리에 꼬리를 물고 가지를 치며 뻗어나가기 시작했다.

기호는 그가 뭘 쓰는 건지도 알 수 없었다. 처음에는 『1984』의 전체주의 비판을 21세기 버전으로 되살리려 했다. 그 과정에서 줄리아에게 매력을 느꼈고 페미니즘적으로 『1984』의 세계관을 재해석하려고 했다. 하지만 지금은 뭐가 뭔지 통 알 수 없었다. 꼬리를 물고 늘어나는 캐릭터들이 모두 각자의 삶과 철학을 늘어놓았고 이야기는 하나의 길로 정리되지 않고 끝없이 새끼를 쳤다. 상반되는 견해와 사상이 갈등이나 종합도 없이 마구잡이로 튀어나왔다 사라졌다.

기호는 소설을 포기하기로 했다. 이 소설은 완성된다 해도 그가 쓴 게 아니었다. 줄리아가 쓴 것이었다. 그렇지만 정말 줄리아가 쓴 거라고 하기도 애매했다. 이걸 쓰고 있는 건 누굴까. 굳이 지칭한다면 그건 언어 자체였고 언어에 깃든 문화와 역사였다.

줄리아는 기호에게 소설을 멈추지 말라고 종용했다. 만약에 당신이 정말 전체주의 사회를 비판하고자 한다면 지금 소설이 진행되는 방향을 지지해야 하는 거라고, 줄리아가 기호에게 말했다. "그래도 최소한의 질서는 필요하잖아요?" 기호가 줄리아에게 말했다. 정확히 표현하면 최소한의 질서가 필요하지 않냐고 줄리아에게 말한다고 썼다. 그러자 줄리아 역시 기호에게 썼다. "최소한의 질서는 저절로 만들어질 거예요."

이중사고

"당신이 할 일은 단지 기다리는 것뿐이에요." 줄리아가 말했다.

기호는 프랑스의 수학자 에밀 보렐이 1913년에 주장한 무한 원숭이 정리를 떠올렸다. 백만 마리의 원숭이가 매일 10시간씩 타자기를 치면 거대한 도서관에 있는 모든 책을 쓸 수 있을지도 모른다고 보렐은 말했다. 수학적으로 풀면 무한 원숭이가 셰익스피어의 작품을 쓸 확률은 100%에 가깝다. 그러니 어쩌면 셰익스피어는 백만 마리의 무한 원숭이 중 한 마리에 불과하다. 조지 오웰 역시 마찬가지다.

기호는 자신 역시 원숭이 중 하나라는 사실을 깨달았다. 진화생물학적으로 원숭이라는 의미가 아니라, 우주의 확률 속에서 우연히 맞아떨어진 존재라는 의미에서. 줄리아가 계속해서 기호에게 진실을 일깨웠다. 기호는 그가 줄리아를 창조한 것인지 줄리아가 그를 창조한 것인지 알 수 없었다. 아니, 누구도 누구를 만들지 않았을 것이다. 그저 우연히 창조된 입자들의 무작위적 운동이 수백억 년 동안 계속되고 있었다. 그러므로 기호는 소설 쓰기를 멈출 수 없었다. 그것은 끝없이 계속될 것이었다.

作家작가 이기호

執筆집필中중 서만기 덴탈 클리닉

藝術예술人生인생 잉여剩餘.진상眞相

旣創作기창작人物『눈감지 마라』(마음산책, 2022)

다가올 미래에 우리는 모두 잉여인간이 될 것이다.
사실 나는 오래전부터 그날만 기다리고 있다.
이제, 머지않았다.
―이기호

서만기 덴탈 클리닉은 광주광역시 남구 진월동 궁전제과 옆 서광빌딩 4층에 위치한 치과로서 2006년 개원했다. 치과 교정과 전문의인 원장 서정수 외 치위생사 2명, 간호조무사 1명이 근무하고 있으며, 주 치료 과목은 치아교정과 임플란트, 심미치료 등이 있다.

1

내가 처음 서만기 덴탈 클리닉을 방문한 것은 재작년 가을의 일이었다. 아내와 함께 늦은 저녁을 먹고 있었는데 입 안에서 툭, 무언가 부러지는 소리가 났다. 돌인가? 나는 한 손으로 입을 가린 채 다급하게 욕실로 달려갔다. 쌀을 씻고 전기밥솥에 밥을 안친 것은 바로 나였다. 허술하게, 또 딴전을 부리다가, 이물질을 제대로 걸러 내지 못한 것이겠지. 그즈음 나는 그런 일이 잦았다.

욕실에서 입을 헹구고 다시 식탁으로 돌아와 보니, 아내는 아무렇지도 않게 식사를 하고 있었다.

"쌀이 영 아닌가 봐. 다시 안칠까?"

나는 그렇게 물었지만, 아내는 아무 대꾸가 없었다.

"아파트 정문 앞 참좋은마트에서 산 쌀인데…… 거기가 물건이 다 그래. 묵은쌀인가?"

아내는 집에서 가까운 한 중학생 전문학원에서 특목고 대비반 국어 강사로 일하고 있었다. 원래 오후 4시에 출근해 밤 9시까지만 근무하는 거였지만, 학원이 어디 그런가? 아내가 자정 전에 퇴근한 날은 손에 꼽을 정도로 적었다. 그날은 토요일이었고, 우리는 밤 10시가 넘어서야 겨우 식탁에 마주 앉을 수 있었다. 아내는 결혼 전 십 년 가까이 학원 강사 노릇을 했다. 밤에 일하는 게 난 너무 싫거든. 아내는 나한테 그렇게 말한 적도 있었다. 꼭 딸기 같잖아. 빨리 자라라고 계속 불 켜 두는 비닐하우스. 하지만 아내는 지금 그곳에 다시 다니고 있었다.

"지난번엔 콩나물을 사 왔는데, 유효 기간이 하루밖에 안 남은 거더라구."

나는 다시 식탁 의자에 앉았지만, 밥엔 손도 대지 않고 반찬만 깨지락거렸다.

"이번에 원고 끝나면 석기 좀 만나 보려고. 왜 거 탁송 일한다는 친구 알지?"

돌을 씹은 탓이었을까? 하루 종일 집에 있으면서 밥 하나 제대로 짓지 못했다는 자괴감 때문이었을까? 나는 계속 말을 했다.

실제로 나는 그럴 작정이었다. 이번 소설만 끝내면, 원고만 출판사에 넘기면, 바로 석기를 찾아갈 작정이었다. 전직 펀드 매니저였던 석기는 몇 년 전 갑자기 발병한 공황장애 때문에 일을 그만두고 삼 년을 쉬었다. 그리고 그다음은? 감기처럼 공황장애도 치료가 된 그 이후엔? 석기는 다시 예전 직장으로 돌아가려고 했지만, 증권회사도 어디 그런가? 쉰 살에 가까운 남자를 받아 줄 회사가 어디 흔한가? 그는 일 년 반 넘게 취직 활동을 하다가 지금은 탁송 일을 하고 있었다. 전남 광양에서 서울까지 새로 출시된 차를 옮겨 주거나, 경기도 분당에서 전남 순천 중고차 매장까지 입고되는 차량을 대신 드라이빙해서 인도해 주는 일. 콜만 잘 잡으면 이틀에 사십만 원도 벌고 삼십만 원도 벌고 그러지, 뭐. 괜찮은 일이야. 그냥 혼자 고요하게 움직이는 거니까.

나는 대학교 교수직을 그만두고 집에서 이 년 넘게 쉬고 있는 형편이었다. 소설을 쓰겠다고 마음으로 어렵게 임용된 교수직을 때려치웠지만(사실은 번아웃이 온 게 더 정확했다. 학교를 그만두기 일 년 전부터 나는 강의실만 들어가면 이상하게도 방금 막 전력 달리기를 하다가 들어온 사람처럼 얼굴과 등에 땀을 흘려 댔다. 학생들과 눈을 마주치는 것을 겁냈고, 강의 중간중간 내가 하던 말을 까먹고 멍하니 화이트보드만 바라보는 시간이 늘어났다. 그런 와중에도 생뚱맞게 예전 나를 떠나갔던 사람들의 얼굴이 떠올랐다. 죽은 사람들과 만났던 마지막 장면 같은 것들. 교통사고나 심장마비로 갑자기 떠나 버린 젊은 사람들의 얼굴들. 결국 나는 학교에 일 년 휴직계를 제출하고 말았다. 그리고 복직 날짜가 다가왔지만 다시 돌아가지 않았다), 그건 그냥 말뿐이었고, 쓰고 있는 것은 아무것도 없었다(그런데도 나는 스스로에게까지 계속 소설 핑계를 댔다. 그러면 정말 그렇게 믿어지기도 했다). 직장을 다니지 않는다고 해서 당장 들어가야 할 돈이 사정을 봐줄 리 만무한 법. 돈이란 손에 없을 때 더 그악스러운 모습을 보이는 법(아내와 나 사이에는 고등학생, 중학생 두 아들이 있었다). 학교를 그만둔 지 이 년 차까지는 대출과 신용카드로 어찌어찌 버텨 냈지만, 이젠 정말 한계에 와 있었다. 탁송 일이든 대리 기사든, 무언가를 해야 했다. 혼자 고요하게 움직이다 보면 죽은 사람의 얼굴이 떠올라도 그냥 그러려니 하면될 뿐. 중요한 건 내 결심이었다.

"그러면 당신도 좀 여유를 가질 수 있을 거야."

내가 그렇게 말하자, 아내가 내 얼굴을 빤히 바라보았다. 무덤덤하고 지친 아내의 표정.

"당신⋯⋯."

아내가 내 얼굴을 보면서 처음 입을 뗐다.

"입에서 피 나."

그제야 나는 입 안에서 느껴지던 짭조름하고 비릿한 것의 정체를 눈치챘다. 내 자괴감에 빠져 알지 못했던 것들.

돌이 아니었다. 사랑니가 반으로 조각난 것이었다.

2

서정수 원장은 내 또래로 서울에 있는 한 치의학전문대학원을 졸업한 사람이었다(후에 안 사실이지만 그는 학부에서는 생물학을 전공했고, 삼 년 정도 시험 준비를 한 후 치의전에 들어갔다고 했다). 머리는 M자형으로 탈모가 진행되고 있었지만, 날렵한 은테 안경과 정성껏 다듬은 구레나룻 덕분인지 일종의 관리를 받은 헤어스타일처럼 보이기도 했다. 조금 말랐지만 탄탄해 보이는 몸매. 선해 보이는 입꼬리. 분홍색 의사 가운 차림이었다.

"사랑니는 바로 발치하면 되는데, 그 옆 어금니는 한 일주일 정도 신경 치료를 받으셔야 할 거 같아요."

나는 그가 건네준 물로 가글을 하면서 주변을 살펴보았다. 서정수 원장의 얼굴과 약력이 새겨진 검은색 아크릴판이 제일 먼저 눈에 들어왔다. 그의 옆에 서 있는 간호조무사는 무덤덤하고 무뚝뚝한 표정이었다.

"저희 병원은 처음이시죠?"

그는 태블릿 PC에 무언가를 체크하면서 물었다.

"아, 네."

"정기적으로 스케일링도 받으러 오시고 그러세요. 이젠 보험 처리도 다 돼요."

나는 고개를 끄덕거리면서 다시 검은색 아크릴판을 바라보았다.

"의사 선생님이 한 분 더 계신가요?"

내가 묻자, 그가 나의 시선을 따라 검은색 아크릴판을 바라보았다. 그는 아니라고 했다.

"저는…… 서만기 덴탈 클리닉이라고 해서……."

"아, 그거요."

그는 콧잔등을 짧게 찡긋거린 후 말했다.

"서울 강남에 유명한 서만기 치과병원이라고 있어요. 저희가 거기랑 제휴 관계라서요."

나는 그렇군요, 작은 목소리로 중얼거렸다.

"저는 서만기 치과의원이 익숙해서……."

실제로 나는 '서만기 치과의원'에 대해서 알고 있었다. 손창섭 작가의 소설 「잉여인간」에 나오는 그 병원, 그 병원의 원장 '서만기'에 대해서 알고 있었다. 실제로 내가 진월동에 위치한 십여 개의 치과 중 군이 '서만기 덴탈 클리닉'을 택한 이유는 바로 그 때문이었다. 아마도 내 무의식 때문이겠지. 야, 정말 저런 이름의 치과가 다 있네, 하는. 나는 농담처럼 서정수 원장에게 「잉여인간」에 나오는 서만기에 대해서 말해 주었다.

그러자 서정수 원장은 조금 쑥스러운 표정으로 이렇게 말했다.

"실은 저희 친할아버지 존함이에요. 서만기 치과병원을 처음 세우신 분. 잉여인간에 나오는 그분 맞으세요."

나는 계속 입을 벌린 채 서정수 원장을 바라보았다.

이 사람이 지금 무슨 소릴 하고 있는 거야. 나는 속으로 그렇게 생각했다.

3

1958년에 처음 발표된 손창섭의 「잉여인간」은 여러모로 이상한 소설이었다. 뭐가 그렇게 이상했나? 플롯이나 문장이 이상했다는 건 아니고(그건 그냥 평범했다), 아무래도 캐릭터가 좀 그랬다. 이전까지의 손창섭 소설에 나오는 인물 군상은 항상 트라우마에 시달리고, 가난으로 인해 궁지에 몰린, 허기와 애정 결핍에 시달리는 함량 미달의 캐릭터들이었다. 한국전쟁이 끝난 직후였으니, 그 캐릭터들의 지리멸렬함이 더 현실감 있게 다가온 것도 사실이었다(내게 있어 손창섭은 일본 사소설私小說의 영향을 강력하게 받은 작가였다. 그의 소설 속 대부분의 주인공들은 작가 손창섭의 거울 속 분신이나 다름없었다).

하지만 「잉여인간」의 주인공 서만기는…… 그는 좀 이상했다. 출중한 능력을 갖춘 치과의사인 서만기는(유부남에, 밑에 딸린 식솔이 열 명이 넘었다) 교양과 예의범절이 몸에 배어 있었으며, 미술과 음악, 문학에도 일가견을 갖춘 인물이었다

(거기에다가 잘생긴 외모까지!). 정직하게 진료하면서 도덕적으로 살아가지만, 챙겨야 할 사람들이 많았던 탓에 그는 늘 가난에 시달린다. 가난에 시달리지만 그는 타인의 고통을 외면하지 않는다. 거기에다가 등장하는 모든 여자들…… 그녀들은 서만기를 한결같이 사랑했다. 아내는 말할 것도 없이 같이 살던 처제와(으응?) 간호사 인숙(그녀는 자신의 전 재산을 서만기에게 주려고 한다. 월급도 석 달째 주지 않고 있는 고용주에게), 친구의 아내(어어?)까지. 이게 말이 되나 싶을 정도로 여성 인물들은 서만기를 사랑하기 위해 소설에 등장한 사람들처럼 보였고, 실제로 그게 전부였다. 뭐야, 이게? 남성 판타지 소설인가? 나는 처음 「잉여인간」을 읽고 난 후, 그렇게 중얼거리기도 했다. 손창섭 소설에 이런 인물이 나오다니(실제로 「잉여인간」 이후 손창섭 소설에는 다시는 서만기와 같은 인물은 등장하지 않는다). 나는 그저 그런 소설이었구나, 하고 넘어갔다. '잉여인간'이란 소설 속에 나오는 서만기의 친구들, 그러니까 입으로만 비분강개파에 지나지 않는 채익준(그의 아내는 병으로 죽는다)과 한국전쟁 이후 트라우마에 시달리는 천봉우라고만 생각한 것이다. 서만기는? 그는 그냥 그들의 반대급부에 해당하는, 예수 같은 존재이고…….

한데, 서정수 원장은 그 '서만기'가 실제 존재하는 인물이라고 말하고 있는 것이었다. '서만기 치과의원'도 실제로 존재했고…….

4

매주 발행되는 《대한치과신문》의 〈대한치과협회 기원을 찾아서〉라는 기획 기사를 살펴보면 1943년 4월 22일 경성호텔에서 열린 제23회 조선치과연합의사회 총회에 대한 기록이 나온다. 회장인 오오자와 기세이大澤議城를 비롯한 9명의 평의원, 64명의 일반회원이 모인 그 총회에서 조선치과연합의사회는 국방비 헌금에 관한 건(회원 한 사람당 10원씩 각출)과 일본 나라현 가시하라시에 있는 신궁에 헌목(나무를 기증하는 일)하는 건에 대해 만장일치로 의견을 모은다. 또한 조선치과연합의사회는 그날 이전에 모은 국방 헌금을 해군무관부 경성 주재 코토이치 쿠로키黑木琴日 대좌에게 전달하는 행사를 진행했는데, 조선치과연합의사회 경성 평의원 회원인 김병일, 서만기 두 회원이 '우리의 결의'라는 제목의 입장문을 낭독하기도 했다.

'서만기 치과의원'에 대한 기록은 1959년 5월 30일 자 동아일보 기사에서도 확인된다.

―오는 6월 9일부터 동 15일까지 일주일간에 걸쳐 보건사회부와 대한치과의사회에서는 공동주최로 구강 위생주간을 설정하고 각 치과 의료기관은 15세 미만의 아동들에게 구강부 무료진단을 실시한다고 밝혔다.……동대문구에 위치한 '서만기 치과의원'의 서만기 원장은 '어린

학생들에게 구강 보건 사상이 앙양되도록 최선을 다할 예정'이라고 의지를 다지기도 했다. 한편 '서만기 치과 의원'은 내년 3월 '서만기 치과병원'으로 확장 이전한다 는 계획을 밝히기도.

현재 강남구 개포동에 위치한 '서만기 치과병원'의 홈페이지 병원 소개 코너엔 다음과 같은 글이 게시되어 있다.

—질병의 치료뿐만 아니라 그 이후 환자의 삶까지 생각하는 서만기 치과병원은 1960년 국내 최대 규모의 치과병원으로 개원한 이래 다양한 분과별 협진 진료와 치료를 통해 환자들의 아픔과 고통을 함께 해 왔습니다.

5

"그걸 다 찾아보셨어요?"

서정수 원장은 내 입 속을 보면서 물었다. 나는 입을 한껏 벌린 상태였기 때문에 짧게 고개만 끄덕거릴 수밖에 없었다.

"그게 뭐 대단한 것도 아니고……. 자, 움직이지 마시고요."

서정수 원장은 송곳처럼 가는 에어워터 시린지와 핸드피스를 내 입 안에 넣고 부지런히 움직였다. 가끔씩 타이어 공기 빠지는 소리가 들리기도 했다.

"할아버지가 동경 유학파였대요. 거기에서 치과 대학 졸업

하고……. 뭐, 전국에 치과의사들이 몇 명 없을 때였으니까 장사도 잘됐겠죠. 지금하곤 완전 다른 거죠. 거기다가 부동산 투자도 잘하시고."

나는 그에게 묻고 싶은 것이 많았으나, 그럴 수가 없었다. 그의 핸드피스가 내 어금니에 닿을 때마다 어떤 소름 끼치는 감각이, 내 몸속에 있는 어떤 뼈들이, 사납게 갈려 나가는 느낌이 들었다. 입을 벌리고 있었지만, 입 대신 손등과 어깨가 비명을 내지르는 것만 같았다. 나는 온통 거기에만 신경이 갔고, 저절로 두 눈을 감고 말았다.

"한데요……."

서정수 원장이 내 귀 가까이 입을 대고 작게 말했다.

"이분이 여자관계가 꽤 복잡했나 봐요. 아버지 형제들이 다 배다른 형제고…… 그거 때문에 할아버지 돌아가시고 법적 분쟁도 많았대요……. 아휴, 지금도 여전히 현재진행형인데, 저는 그 꼴 보기 싫어서 여기 내려온 거예요……. 오죽했으면 소설에 다 나올까 싶기도 하고."

나는 살짝 눈을 떠 그의 얼굴을 바라보았다. 그는 어깨를 옹송그린 채 신중하고 진지하게 내 입 속만 바라보고 있었다. 마치 아무 말도 하지 않았다는 듯, 그의 입은 마스크로 견고하게 가려져 있었다.

"자, 이제 거의 다 끝나가요. 한 번만 더 오시면 됩니다. 사랑니가 꽤 오랫동안 어금니 신경을 갉아 먹고 있었네요."

6

마지막으로 서만기 덴탈 클리닉을 찾아간 날이었다.

진료 대기실 소파에서 멀거니 YTN을 보고 있었는데, 누군가 내 바로 옆으로 다가와 앉는 것이 느껴졌다. 하늘색 의사 가운을 입은, M자형 헤어스타일을 한 노인이었다. 나는 그가 내게 말을 걸기 전부터 이미 죽은 사람임을 알아챘다. 가만히 앉아만 있었는데도, 내 등과 이마에선 벌써 땀이 흘러내렸기 때문이다. 진료 대기실엔 그와 나 이외엔 아무도 없었다.

"서만기일세."

그가 낮은, 그러나 납작한 돌멩이 하나가 시멘트에 갈리는 듯한 목소리로 말했다.

"아, 네."

나는 계속 YTN 앵커를 바라보면서 대답했다.

"소설 쓴다며?"

그가 내 쪽으로 허리를 숙이며 물었다. 조도 높은 형광등 가까이 다가간 듯 목덜미가 따뜻해졌다.

"지금은 쓰고 있지 않구요……."

나는 작은 목소리로 말했다.

"왜? 우리 손자 놈도 한 번 써 보려고? 구미가 당겨?"

"아니요. 저는 신경 치료 때문에……."

그러자 그가 다시 자세를 고쳐 소파에 등을 기댔다.

"하여간 소설가 놈들이란…… 믿을 놈들이 못 돼."

나는 진료실에서 빨리 내 이름을 불러 주기를 바랐다. 그러나 또 한편 진료실에서 내 이름을 천천히 불러 주기를 바랐다. 지금 바로 내 이름을 부른다면, 나는 어쩔 줄 몰라 하면서 멀뚱멀뚱 간호조무사의 얼굴만 바라볼지도 모른다. 나는 강의실에서 이미 그런 경험을 했었다.

"내 뒷조사했지?"

"뒷조사라기보단…… 그냥 신기해서……."

"그게 뒷조사야. 하여간 핑계가 많은 족속이야."

그는 그러면서 짧게 욕을 하기도 했다.

"그 인간도 내 뒷조사했어."

나는 곁눈질로, 겨우 간신히 서만기의 얼굴을 훔쳐보았다. 나이 탓인가? 그도 아니면 산 사람이 아닌 탓일까? 그는 소설 속 서만기처럼 그렇게 잘생긴 외모는 아니었다. 코가 낮고 턱은 두툼했다.

"그래도…… 소설에는 좋은 분으로 나오세요."

나는 조심스럽게 말했다.

"그게 날 열받게 하는 거라구!"

그가 소파를 내리치면서 말했다. 소파에선 아무런 소리도 나지 않았다.

"그게 말이 돼? 그런 인간이 세상에 어디 있냐구? 뭐 예수야? 내가 예수냐구?"

"흔하진 않지만, 그래도……."

"내 이름과 내 병원 이름을 갖고 장난친 거지. 하여간 이

인간을."

나는 이마의 땀을 훔쳐 냈다. 심호흡을 크게 한번 해 보기도 했다.

"한데…… 그건 진짜 왜 그랬을까요? 좀 이상하긴 했는데……"

"왜 그러긴? 날 엿 먹이려는 수작이지. 내가 미웠을 테니까."

진료실에선 연신 타이어 공기 빠지는 소리가 들렸다. 초등학생쯤 돼 보이는 아이가 아아아, 아아아, 비명을 질러 대고 있었다.

"미워요?"

"그 인간이 우리 병원에 계속 찾아왔거든. 맨날 대기실에서 신문이나 보고, 병 걸린 닭처럼 졸기나 해서……. 그래서 내가 쫓아냈지."

"아아."

나는 나도 모르게 그를 바라보며 입을 벌렸다. 그러자 그가 "잠깐!" 하면서 내 입 바로 앞으로 얼굴을 내밀었다. 그는 내 입안을 천천히 들여다봤다.

"저 자식은 치과의사 밥을 이십 년 가까이 먹었으면서 아직도 나아지는 게 없네."

나는 계속 입을 벌린 상태로 있었다. 그가 내 입 안으로 손가락을 집어넣었기 때문이었다.

"너 저 자식이 왜 여기서 개원했는지 알아?"

나는 대답 대신 고개를 짧게 흔들었다.

"실력이 형편없어서야. 실력도 쥐뿔도 없는 놈이 계속 가족 간에 평지풍파만 일으키고……."

그가 내 입에서 자기 손가락을 빼냈다. 그런 후, 그 손가락을 쓱쓱, 자신의 의사 가운에 문질러 닦았다.

"어디가 잘못됐나요?"

내가 물었다.

"잘못은 무슨."

그가 퉁명스럽게 받았다.

"과잉이지, 과잉. 안 해도 되는 거, 그런 거 일부러 하는 거."

내가 인상을 찌푸리자, 그가 말을 더 보탰다.

"억울해하지 마. 너희들도 매일 하는 거니까."

그가 거기까지 말했을 때, 진료실에서 간호조무사가 나와 내 이름을 불렀다. 진료실에선 아이의 울음소리가 갑자기 터져 나왔다.

내 옆에 앉아 있던 서만기 씨는 온데간데없이 사라지고 없었다.

7

서만기 덴탈 클리닉에서 나온 직후, 나는 석기의 전화를 받았다.

"다음 주쯤에 이쪽에 자리가 하나 날 거 같은데."

석기는 스피커폰으로 전화를 걸었는지, 목소리에 계속 바람 소리가 섞여 들어왔다.

"자리?"

"너도 이 일 하고 싶다며? 이것도 다 소개업소 끼고 하는 거거든."

나는 바로 대답하지 못했다. 그저 계속 치료를 받은 턱만 만지작거렸을 뿐이다.

"뭐야? 생각이 바뀐 거야?"

"아니, 그게 아니고……."

나는 좀 망설이다가 "아직 써야 할 소설이 남아서……."라고 웅얼거렸다.

"너도 참…… 아직 멀었다."

석기가 걱정스러운, 그러나 짜증 섞인 목소리로 말했다.

"근데, 석기야."

나는 집 쪽으로 걸어가면서 말했다.

"나 있잖아……. 네 이야기 써도 돼?"

"뭔 소리야, 그게?"

"아니…… 다 쓴다는 게 아니고……. 널 모델로…… 그러니까 이름도 바꾸고…… 그렇게 소설로 써도 되냐고?"

석기는 내 말에 침묵을 지켰다. 그의 침묵이 길어질수록 이상하게도 턱부위가 계속 욱신거렸다.

"공황장애 같은 게 요즘 많잖아? 그러니까 이게 사회적 재난 같은 건데……."

내가 거기까지 말했을 때, 석기의 뇌까리는 듯한 목소리가 들려왔다.

"개새끼……."

전화는 거기에서 끊겼다.

나는 끊긴 전화를 한참 동안 내려보다가 다시 걷기 시작했다. 이름을 바꾸면, 직업을 다른 거로 하면, 그러면 되지 않을까? 아무 문제 없을 거야. 석기도 몰라보게 쓰면……. 나는 내가 무엇이 잘못되었는지 알지도 못한 채, 계속 턱을 어루만지면서 걸었다.

서만기 덴탈 클리닉

作
中
人
物

"아름다운『미국의 목가』안에는 미국의 폭력과 미국의 역사가 담겨 있다.
하지만 모든 '폭력의 역사'는 결국
유구하고 지겨운 우리의 이야기가 아닐까."
―우다영

아홉 살의 로빈을 처음 보았을 때, 그 아이가 브루클린 빈민가 출신이라는 것을 바로 알 수 있었다. 형제에게 물려받았을 법한 노란색과 빨간색 줄무늬가 있는 커다란 티는 비쩍 마른 엉덩이와 허벅지 반을 다 덮고 있었고 군데군데 케첩과 검댕이 묻은 얼룩이 눈에 띄었다. 나중에 알게 된 사실이지만, 한국계 혼혈인 그 아이의 노란 피부는 멍이 들면 처음에는 붉은색이 비치다가 하루이틀 정도 지나면 자줏빛과 푸른빛을 띠고 점차 검은빛으로 변해 간다. 리타 코언이 그날 보았던 목덜미의 커다란 멍은 이미 옅어진 녹색과 노란색을 띠고 있었으니 아마도 생긴 지 일주일은 지난 뒤였을 것이다. 시간이 더 지나면 멍은 황색과 밝은 갈색으로 변하다가 크기가 점차 줄어들고 마침내 완전히 사라진다.

리타의 회전목마

때는 이제 막 9월이 시작된 날씨 좋은 가을이었다. 리타 코언은 여느 때처럼 오전에는 브루클린 브릿지에서 조깅하는 사람들을 상대로 코코넛 드링크를 팔았고 오후에는 플리마켓이 열리는 덤보로 가서 관광객들에게 초상화를 그려 주었다. 작고 살찐 나이 든 노파에게 선뜻 기대를 품고 다가오는 사람들은 별로 없었지만 그날은 운 좋게 두 커플을 그렸다. 하버드를 졸업한 공학박사 인도인 부부에게는 85달러를 받았고, 오늘이 여행의 첫 날이라는 베트남에서 온 커플에게는 20달러를 받았다.

리타 코언은 젊고 싱그러운 베트남 연인의 윤기 도는 피부와 하얀 이, 검고 거친 머리카락, 옷 위로 드러나는 가느다란 체형의 윤곽을 그리며 복잡한 심경에 휩싸였다. 머릿속에는 갈피를 잃은 문장들이 맥없이 맴돌고 있었다. 전쟁에서 살아남은 아이들. 학살에서 살아남은 고아들. 리타가 초상화를 그리는 동안 그들은 눈을 이리저리 굴리며 주변 거리를 구경하고 저 멀리 보이는 햇빛에 반짝이는 강물과 맨해튼의 높은 건물들을 감탄하며 올려다보았다.

리타에게 그림값을 지불하기 위해 커플이 가까이 다가왔을 때 리타는 처음 맡아 보는 냄새에 당황했다. 그들은 아무런 표정 없이 끈으로 조이고 푸는 이국적인 주머니에서 지폐를 꺼내며 리타가 알아들을 수 없는 말로 잠시 이야기를 나눴는데, 그 후 고맙다는 말도 없이 떠났다. 그것이 리타를 두렵게 만들었다. 그저 그림이 마음에 들지 않는다고 투덜거렸을 수도 있고, 리타의 무의식적인 반응에서 혐오를 느끼고 불쾌함을 드러냈을 수도 있다. 어쩌면, 그래 어쩌면 미국에 대한 오랜 원한을 마침내 기억해 내고는 미국인인 그녀를 은밀히 모욕했을지도 모른다. 하지만 리타는 그들이 정말 무슨 생각을 하고 있는지 결코 알 수 없었다.

리타가 잘 알고 있는 유일한 사람은 리타 코언 자신이었다. 그날 리타는 정리한 캔버스를 들고 언덕을 오르며 자신이 어느덧 예순 살 넘은 노인이 되었음을 절절히 느꼈다. 사실 그녀는 하얗게 센 머리와 거의 다 빠진 앞니 때문에 나이보다 훨씬 늙어 보였다. 들어놓은 보험이 전혀 없었기 때문에 병원에 가 본 경험은 손에 꼽힐 정도였다. 마지막은 12년 전이었다. 9·11테러 직후였고 혼자 식당에서 저녁을 먹고 있었다. 텔레비전에서 연일 떠들어 대던 그 똑같은 뉴스가 또다시 흘러나왔을 때, 리타는 이라크를 압박해서 사태를 이런 지경으로까지 몰고 간 미국의 잔학무도함과 어리석음을 큰 소리로 떠들다가 왼쪽 손등을 포크로 관통당했다. 작고 아기자기한 장난감 폭탄이 손 안에서 펑 하고 터진 것 느낌이었다. 고개를 돌려 보니 리타의 손등에 스테이크 포크를 내리찍은 사람은 평소 그녀가 식당에서 식사를 할 때마다 커피와 설탕을 잘 챙겨 주고 재밌는 농담 따위를 건네던 젊은 종업원이었다. 리타는 깜짝 놀랐다.

"이 쓰레기 같은, 이 종양 같은."

짓이기듯 속삭이던 말도 잊을 수 없었다. 내가? 리타는 생각했다. 이 사회의 쓰레기, 이 미국의 종양은 따로 있어. 이 공기에도 강물에도 풀잎에 닿는 햇살에도 눅진하게 스며든 더러운 계급의 영혼을 부수기 위해 나는 내가 가진 일생과 인간성을 바쳤어. 나는 그것들과 싸웠어. 기꺼이, 기쁘게! 근데 너희는 뭘 하고 있어? 항상 재밌거나 화가 나기만 하는 너희는 여기가 더러운 줄도 몰라. 정말 뭘 몰라. 심지어 알려고 들지도 않아.

포크로 리타의 손등을 찍은 종업원의 언니는 비행기와 충돌해 무너진 건물의 잔해에서 훼손된 조그만 신체 조각이 되어 돌아왔다. 리타는 병원으로 가 세 개의 구멍이 난 손등을 치료받았다. 리타의 손은 아주 작고, 장갑 사이즈로 친다면 여성용 중에서도 가장 작은 사이즈 4이거나 유아용에 가까웠다. 곧 기함할 만한 치료비 내역서가 나왔다. 작은 신체 조각과 작은 신체의 치료비 내역서가 공존하는 나라. 무엇이 더 공포스러운가? 몸서리처지게 징그러운 미국의 부와 빈곤, 그로 인해 발생하는 여러 문제들 때문에 온몸이 불탈 것 같은 분노를 느끼던 시기도 있었다. 하지만 이제는 아니었다. 그녀는 늙었고 모두가 그녀를 늙은 여자로만 바라보았다.

캔버스를 든 리타 코언이 숨을 헐떡이며 엠파이어 풀턴 페리 공원을 지날 때 로빈이 눈에 들어왔다. 로빈은 제인의 회전목마가 보이는 유리 건물 앞 뻥 뚫린 공터에 홀로 앉아 빙글빙글 돌아가는 목마들을 지켜보고 있었다. 리타는 근처 벤치에 캔버스와 짐을 내려놓았다. 시원한 강바람이 불어왔다.

리타는 아침에 팔다 남은 코코넛 드링크를 하나 마시고 얼굴의 땀을 닦았다. 잠시 쉬는 동안 그 작은 아이의 등을 구경했다. 그때는 동양계 혼혈인 것도 알아보지 못했다. 어쩌다 회전목마를 향해 흔들림 없이 고정된 작은 뒤통수에 시선이 갔고 그 애의 표정이 궁금했을 뿐이었다.

해가 저물기 시작하자 회전목마가 발하는 위협적인 빛이 사방의 어스름 속으로 뻗어 나갔다. 아이의 등 뒤로 어둑한 그림자가 늘어졌다. 리타는 아이에게 다가가 어깨에 손을 얹었다.

"한번 타 볼래?"

대답 없이 바라보는 무감한 시선에 리타는 지갑에서 1달러 지폐 두 장을 꺼내 내밀었다. 로빈은 돈과 리타의 왼손을 번갈아보았다. 손등에는 새로 돋아난 살이 만든 분홍빛 흉터, 균일한 간격과 모양으로 의미심장한 운명을 암시하는 것 같은 세 개의 옅은 점이 남아 있었다. 로빈이 어깨를 으쓱였다.

"그냥 저게 돌아가는 걸 보는 중이었어요."

"재밌니?"

"몰라요."

"타 보고 싶진 않고?"

"별로요."

"하지만 직접 돌면서 보는 풍경이 멋질 수도 있잖니. 곧 목마를 탈 수 있는 시간이 끝날 거야."

차례대로 느리게 달리는 회전목마의 밝고 따듯한 불빛이 마르고 구타당한 소년의 몸과 얼굴을 계속해서 훑고 지나갔다. 그 애는 말없이 경계하는 눈빛으로 리타를 쳐다봤다. 잠시 후 빈손을 내밀었다.

"그 2달러 저 주시는 거죠?"

그 후 내심 로빈이 있길 기대하며 제인의 회전목마 쪽으로 천천히 걸었던 오후들, 선물처럼 그 애를 만날 때마다 기쁘게 주었던 2달러, 한번도 목마를 타는 데 쓰지 않았던 2달러. 리타는 로빈의 생일 선물을 고르며 새삼스레 옛 기억을 떠올렸다. 아이가 낚아채던 그 꾸깃꾸깃한 돈이 어디에 쓰였는지 리타는 여전히 알지 못했다.

작은 아홉 살 소년이었던 로빈은 다음 주면 열아홉 번째 생일을 맞이한다. 리타는 이제 매달 지급되는 정부 지원금으로 생활을 이어가는 처지였지만 몇 달 전부터 그걸 약간씩 모아 선물 살 돈을 마련했다. 리타가 정부 지원금을 받게 된 건 3년 전 강변 산책로 계단에서 굴러떨어진 뒤부터였다. 그때 분명 계단 위에는 리타 혼자 있었고 실수로 발을 헛디딘 것이 분명했지만, 리타는 누군가 쑤욱 손을 뻗어 자신의 발목을 가볍고 경쾌하게 아래로 끌어당긴 것 같은 느낌을 받았다. 땅으로 곤두박질 친 다음 제일 먼저 귓가에 들려온 소리는 저 멀리 굴곡진 경사면에서 일부러 위험한 곡예를 하며 스케이트보드를 타는 젊고 건강한 사람들의 웃음소리였다.

그 애들이 왜 웃는지 리타는 알지 못했다.

평생 스스로를 돌보고 가꾸는 일에는 완전히 무관심했던 리타는 볼품없이 늙었지만 보기와는 달리 건강한 편이었다. 그래서 추락 이후 거짓말처럼 근육이 오그라붙고 관절이 힘을 쓰지 못하게 된 처지를 한동안 납득하지 못했다. 거동마저 불편해졌고, 아침과 저녁 금속 보행기를 잡고 혼자 나서는 길고 느린 산책을 제외하면 온종일 좁은 집 안에 머물러야 했다. 집은 벽마다 온통 거동을 돕는 돌출 손잡이가 설치되어 흉물스러웠다. 하지만 정작 리타에게 그런 생활과 편의의 변화는 그다지 중요한 문제가 아니었다. 리타를 진짜 우울하게 만든 것은 통증이 유발하는 자기 자신에 대한 온전한 자각이었다. 고통을 느끼는 순간 리타는 세상의 상처입고 착취당하는 타인들이 아닌 오직 리타 코언 자신만을 느꼈다. 리타 코언이라는 인간 자체는 아무런 의미가 없었다. 세계로부터 격리되고 세계로 향하는 문이 닫힌 리타 코언은 여생 동안 그녀의 뜨겁고 헌신적인 영혼을 옭아매는 몸뚱이일 뿐이었다. 그게 다였다. 리타는 그 사실이 끔찍했다.

가족 없는 리타의 집에 이런저런 편의를 봐 주는 사회복지사가 한 주 걸러 한 번 찾아왔다. 정기적으로 각종 공과금 확인과 가스 안전 점검 등을 이유로 집을 방문하는 사람도 몇 있었다. 아직까지 종이 신문을 구독하는 리타의 현관을 신문배달원이 매일 같이 찾아왔지만 몸놀림이 재빠른 그와 인사를 제대로 나눈 적은 없었다. 리타가 유일하게 기다리는 방

문자는 로빈뿐이었다. 로빈은 화요일 오후에 따뜻한 차와 만두를 사다 주었다. 화요일은 만둣가게가 일찍 문을 닫는 대신 마감 세일을 했다. 로빈은 자신을 때리던 트럭 운전사 아버지가 교통사고로 죽은 뒤 대만식 만둣가게에서 일하기 시작했다. 그 애는 차와 만두를 현관에서 건네주고 가 버릴 때도 있었고 가끔 안에 들어와 머물다 갈 때도 있었다. 내킬 때는 학교에서 마음에 들지 않는 애들 욕을 신나게 떠들기도 했다. 그런 날이면 리타는 가장 좋아하는 창가 안락의자를 로빈에게 양보하고 식탁 앞에 평화롭게 턱을 괴고 앉아 포장도 뜯지 않은 뜨끈한 만두 상자와 이야기하는 그 애의 얼굴을 번갈아 바라봤다.

매년 로빈의 생일이면 새 옷을 선물했다. 밑단이 땅에 끌리지 않는 체형에 꼭 맞는 사이즈의 팬츠, 운동을 한 후 땀이 나도 금세 흡수되고 잘 마르는 스웨트 셔츠, 아가일 무늬가 있는 울 소재의 부드러운 니트 조끼, 팔꿈치에 가죽을 덧댄 양모 자켓……. 옷들은 모두 공장에서 만들어진 기성품들이었다. 이제 공장에서 진정한 의미의 생산에 가담하는 수작업자는 찾아볼 수 없었다. 리타는 옷과 잡화를 만드는 모든 공정에 사람의 손길이 깃들던 시대를 살았다. 세계 각지에서 일하던 그 이름 없는 손들! 그들의 숭고한 노동력이 정당한 대가를 받지 못하는 체제적 모순에 경악하던 시기가 분명 있었다. 그러나 이제 리타가 구하고 싶었던 그 사람들은 더 이상 체제 안에 남아 있지 않다. 공장에 남은 사람들은 기계에

원재료를 공급하고 완성품을 받아오는 하수인들이다. 아무도 밤새 재봉 일을 하다가 과로사하지 않고, 가죽 위에 수를 놓다가 눈이 멀지 않았다. 리타는 게임에서 이기는 방법은 제법 알았지만, 게임에서 아웃된 사람들을 도울 방법은 알지 못했다. 게임 밖으로 나간 사람들은 지금 대체 뭘 하고 있는 거지?

리타는 가쁜 숨을 몰아쉬며 쇼핑몰 카페에 앉아 커피를 주문했다. 두 개의 바퀴와 두 개의 고무 브레이크가 달린 보행기를 끌고 돌아다니며 애써 고른 네이비색 폴로셔츠는 포장을 풀어 테이블 위에 보기 좋게 올려 두었다. 사이즈는 XXL였다. 로빈은 매년 리타가 사 준 옷을 일 년 내내 닳아지고 헤지도록 입고 몸에 맞지 않게 되면 미련 없이 버렸다. 그럴리 없겠지만, 리타는 어쩌면 자신이 사 준 옷이 성장을 재촉하는 게 아닐까 생각했다. 그만큼 로빈은 해가 다르게 쑥쑥 커졌고, 이제 리타의 키는 그 애의 겨드랑이 밖에 닿지 않았다. 리타는 작은 소년의 성장에 내심 감동을 받았다. 불균형과 차별과 혐오가 난무하는 세상에서 자신의 선물이 그 애를 조금이라도 지켜낸 것이라면! 무뚝뚝하고 차갑지만 매주 화요일 차와 만두를 사다 주는 아이. 가느다란 연이지만 벌써 10년이나 가족 없는 나이 든 여자와 우정을 나누고 있는 정 많은 아이. 평생 자식을 낳고 가족을 이루고 싶다는 생각은 추호도 없었지만 리타에게 로빈은 아들이나 다름없었다. 리타는 다짐하곤 했다. 내가 그 가여운 애를 도와야 해. 그래,

내가 그 애를 지켜줄 거야. 나는 그 애를 사랑해.

주문한 커피를 다 마시고 로빈의 선물을 챙겨 일어났을 때, 한 청년이 다가와 리타가 보행기 잡는 것을 도와 주었다. 금발에 키가 크고 마네킹 턱처럼 말끔하게 면도를 한 아주 잘생긴 얼굴이었다.

"고마워요. 친절하시네요."

리타가 말하자 청년은 말없이 웃었다. 리타가 여러 번 사양하는데도 쇼핑몰 출입구까지 그녀를 부축하며 끝끝내 입을 열지 않아 리타는 그 청년이 듣지도 말하지도 못하는 게 아닐까 생각했다. 하지만 쇼핑몰을 벗어나는 순간 정말 듣기 좋은 목소리로 청년이 말했다.

"이번 주는 만두를 가져다 드릴 수 없을 거래요."

"로빈이?"

순간적으로 반응한 리타가 청년을 경계하기 시작하며 다시 물었다.

"로빈과 무슨 사이예요?"

"학교 친구예요."

"나를 어떻게 알아봤고요?"

"조금 전까지 로빈이랑 같이 있었어요. 가서 할머니를 도와 드리라던데요."

리타는 걸음을 멈추고 자신과 청년이 지금 막 벗어난 쇼핑몰을 돌아보았다. 당연히 로빈은 보이지 않았다.

"주세요. 짐은 제가 들어 드릴게요."

"괜찮아요. 내가 들 수 있어요."

"이리 주세요."

리타가 다급하게 거절의 손짓을 했지만 청년은 무시하며 로빈의 생일 선물을 채갔다. 다행히 그걸 들고 길 반대편으로 달아나지는 않았다.

"로빈한테 할머니 얘기 많이 들었어요."

청년이 말했다. 리타는 여전히 의심을 풀지 않은 채 다시 걷기 시작했다.

"로빈이 뭐라던가요?"

"아주 똑똑하시다고요. 사회 문제에 관심이 많으시다면서요?"

"그런 이야기를 해요?"

"자본이나 물가, 노동, 전쟁 같은 단어를 가끔 써서 물어보니 할머니한테 들었다고 말해 줬어요. 너무 어려워서 무슨 말인지 모르겠다고 했지만요."

리타는 자신이 로빈에게 했던 말들을 떠올려 보았다. 그러나 리타는 자기 이야기보다 로빈이 떠드는 이야기에 더 관심이 많았다. 로빈이 이런 잘생긴 친구 이야기를 한 적이 있던가? 같이 미식축구와 농구를 한다던 친구들 중 하나일까?

"하지만 할머니가 말하는 난민을 더 수용하자는 주장은 제대로 알아들었다고 했어요."

청년은 리타의 보행기 옆에서 서서 걸으며 계속 말했다.

"아주 좆같은 일이라고 하던데요."

"그래요?"

리타는 깜짝 놀랐지만 아무렇지 않게 대답했다.

"네. 로빈은 그 사람들이 더 들어오면 미국이 쓰레기통이 될 거라고 했어요. 우리가 먹을 햄버거를 빼앗아 먹고, 우리가 쓸 휴지를 빼앗아 쓸 거라고요. 그런데도 고마워할 줄 모를 거라고요."

"나는 몰랐네요. 로빈은 이런 문제에 전혀 관심이 없는 줄 알았어요."

"없었죠. 할머니가 옆에서 자꾸 떠들어 대기 전까지는요."

리타는 두근거리는 심장이 가라앉기를 기다렸다. 그리고 청년이 의심하지 않을 만큼 시간이 지났을 때 이제 그만 가 달라고 말했다. 혼자 집으로 돌아갈 수 있다고. 하지만 청년은 작고 조화로운 얼굴을 찡그리며 단호하게 말했다.

"안 돼요. 로빈이 할머니 집에서 물건을 가져오라고 했어요."

리타는 그 물건이 뭔지 짐작도 가지 않았다. 이제 청년은 처음 만났을 때의 친절하고 매력적인 태도는 사라지고 묘하게 오만하고 강압적인 태도로 바뀌어 있었다. 리타는 그녀의 오른편에 바짝 붙어 서서 보행기의 한쪽 손잡이를 잡아 끄는 그의 커다랗고 동그란 어깨, 굵고 꼿꼿한 목을 보았다.

"좀 쉬었다 가야 될 것 같아요."

"저 코너만 돌면 집이잖아요. 제 생각에는 집에 들어가서서 쉬는 게 좋을 것 같은데요."

"내 집을 알아요?"

청년이 웃음을 터뜨렸다.

"당연히 알죠. 화장실 앞에 딸기와 바나나가 잔뜩 그려진 지저분한 발 매트가 있잖아요."

"대체 언제, 어떻게 내 집에 들어왔어요?"

"로빈이랑요. 로빈이 괜찮다고 했어요."

리타는 더 이상 참지 못하고 청년을 노려봤다.

"로빈이 내가 없는 내 집에 너를 들였다고?"

"저뿐이겠어요? 저희가 그 집에서 뭘 했는지 궁금해요? 할머니가 산책을 나간 사이에 말이에요."

"너희가 누군데?"

"저희는 로빈 친구들이에요."

"그럴 리 없어. 지금 로빈은 어딨어?"

"로빈은 오늘 아침에 만둣가게에서 약을 하다가 걸렸어요. 고함을 지르는 사장님을 찌르고 달아났는데 지금 경찰들에게 쫓기고 있대요."

"뭐라고?"

"게다가 집이 털리면서 물건들이 잔뜩 나왔어요. 아주 골치 아파졌죠. 근데 그건 정말 일부예요. 아직 엄청난 게 남았고 그걸 들키면 우린 다 끝장이에요. 리타, 지금 휘청거리잖아요. 계속 걸어야죠. 집이 코앞이잖아요."

청년이 리타를 정확한 이름으로 불렀다. 인생의 어느 시점부터 그녀를 그렇게 부르는 사람은 로빈뿐이었다. 리타를 아끼고 따르던 사람들, 리타를 쫓고 증오하던 사람들은 모두 그녀를 잊었거나 세상에서 잊혀졌다. 이상하게도 리타는 갑자기 그 유령 같은 사람들의 얼굴이 떠올랐다. 처음 떠오른 얼굴들은 지난 세월이 믿기지 않을 정도로 선명했지만 얼굴들이 뒤섞이기 시작하자 그저 익숙한 형상이 되었다. 어디선가 본 듯한, 오늘 아침에도 길 건너편이나 제과점에서 본 듯한 얼굴이었다. 하지만 정작 자신은 그 얼굴을 알아볼 수 없다는 사실을 깨달았다. 그녀는 그 얼굴을 똑바로 쳐다볼 수 없었다. 리타는 계속 걸었다. 명령대로. 혹은 습관대로. 매일 아침 매일 밤 보행기를 끌고 걷던 익숙하고 안전한 길을 온순하게 걸었다.

그때 저 멀리 길의 맞은편에서 같은 작업복을 입은 한 무리의 노동자들이 나타났다. 어림잡아 스무 명 남짓 되어 보였다. 리타는 소리를 질러 그들의 주의를 끌고 도움을 요청할 수 있지 않을까 재빠르게 생각해 보았다. 그러나 소리를 질러야 할 만큼 정말로 자신이 위험한 상황에 처한 것인지 알 수 없었다. 노동자들과의 거리는 점점 가까워졌다. 한 무리로 보였던 그들은 삼삼오오 걸으며 각각 헝가리어, 아랍어, 루마니아어로 떠들고 있었다. 리타가 망설이는 사이 무리 선두에 선 사람들이 곁을 지나쳐 갔다. 그들은 리타와 청년을 신경도 쓰지 않았다. 어찌나 무신경한지 그들의 신발에 리타의 보행기 바퀴가 차였다.

"씨발, 조심해야지."

청년이 날카롭게 말하자 자기들끼리 떠들던 외국인들이 드디어 걸음을 멈추고 리타와 청년을 돌아봤다. 그들에게 둘러싸이자 순식간에 인간의 체온이 내뿜는 푹푹 찌는 열기와 땀 냄새가 훅 끼쳐 왔다. 공기를 타고 전해지는 이방인의 집단적인 존재감이 강렬해서 리타는 고통스러웠다. 리타는 그들의 땀과 노동을 위해 젊음을 불태웠다. 그들을 미국으로부터 보호하고 가난과 죽음으로부터 구해 주려고. 또한 헌신의 불길은 그녀의 삶을 송두리째 집어삼켰다. 리타는 일평생 그들이 있는 곳을 향해 길게 목을 늘이고 그들의 삶을 들여다보며 언제나 그들과 함께했다. 하지만 그들이 무슨 수로 리타 코언이라는 여자를 알까?

상황을 파악하고 어찌할까 잠시 고민하던 사내들은 그냥 천천히 돌아섰다. 그리고 다시 떠났다. 물길이 돌아 있는 돌을 돌아가듯, 미국의 미국인들을 피해 지나갔다. 이제 청년은 리타의 어깨에 자신의 팔을 감아 보호하며 앞으로 나아갔다. 길 위의 노동자들은 리타와 청년을 사이좋은 할머니와 손자라고 여겼을 것이다. 사실, 그들에게 미국인들의 관계는 조금도 중요하지 않았다. 모두가 그렇게 가 버렸다.

"숨을 쉬기 어려우세요?"

텅 빈 길 위에서 청년이 상냥하게 물었다. 호흡과 심장 박동을 따라 빠르게 들썩이는 리타의 등을 커다란 손바닥으로 천천히 몇 차례 쓰다듬었다. 그렇게 해 줄 사람이 청년 밖에 남지 않았다.

"로빈이 할머니한테 이렇게 해 줬나요? 항상 궁금했어요. 당신 같이 음흉한 늙은이의 꿍꿍이가 뭘까. 뭘 원할까."

청년의 뜨거운 손길이 닿았던 자리에 소름이 돋았다. 리타는 가까스로 입을 열었다.

"내가 로빈에게 원한 건 아무것도 없어요."

"아무것도?"

"난 그 애가 행복하길 바란 것뿐이에요."

청년이 웃으며 리타의 등을 떠밀었다.

"리타, 걸어요. 멈추지 말고 계속 가자고요. 곧 집이잖아요."

현관의 도어락 번호키를 누르는 동안 청년은 등 뒤에 바짝 붙어 서 있었다. 리타는 덜덜 떨리는 손가락으로 로빈에게 언제든 집에 들어와 쉬라고 알려 주었던 비밀번호를 차례로 눌렀다. 문이 열리고 어찌 손써 볼 새도 없이 청년이 리타의 보행기를 밀며 집 안으로 들어왔다 리타를 그 자리에 세워 둔 채로 먼저 성큼성큼 거실을 가로질렀다. 그리고는 익숙하게 텔레비전 스툴 뒤쪽 공간에 손을 집어넣고 파란 비닐봉지에 싸인 두툼한 뭉치를 꺼냈다. 그 모든 동작에 3초도 걸리지 않았다.

리타는 청년의 존재로 인해 낯설게 느껴지는 집 안으로 선뜻 들어가지 못하고 현관 앞에 우두커니 서서 물었다.

"그거 설마 약이에요?"

청년은 대답하지 않고 둘둘 말린 파란 비닐을 살짝 벗기고 안쪽 내용물을 확인했다. 그리고는 휴대폰을 꺼내 어딘가로 전화를 걸었다.

"어떡할까?"

수화기 너머로 물은 뒤 별다른 말없이 상대의 지시를 듣는 것에만 집중했다. 리타는 상대가 로빈일 거라는 생각이 들었지만 섣불리 소리치지 못했다. 저 수화기 너머에 진짜 로빈이 있다 하더라도 도움을 요청해야 할지 분노를 쏟아 내야 할지 알 수 없었기 때문이다. 또한 묻는다면 무엇을 먼저 물어야 할지 알 수 없었다. 정말 사람을 해쳤냐고? 이 애가 진짜 네 친구냐고? 언제 이 집에 약을 숨겼냐고? 정말 약을 하냐고? 아니면 설마 팔고 있는 거냐고?

"알겠어."

전화를 끊은 청년이 아직 현관에 서 있는 리타에게 다가와 파란 비닐 뭉치를 손에 쥐어 줬다. 치즈 덩어리처럼 무거웠다.

"잘 들어요, 리타. 이걸 경찰들이 찾을 수 없는 장소에 숨겨야 해요. 할 수 있겠어요?"

"그게 무슨 말이에요?"

"왜 이래요, 리타. 똑똑하시잖아요."

잘생긴 청년은 활짝 웃으며 리타의 어깨에 두 손을 얹었다. 그리고 껴안듯이 잡아당겼다.

"대장은 로빈이에요. 우리 중 누구 하나 꼬리가 잡히면 로빈은 아주 오랫동안 감방에서 썩을 거라고요. 그렇게 되면 할머니는 걔를 다신 보지 못하고 죽을 거예요."

그 말은 리타에게 진실로 협박이 되었다. 혼란스러운 이 모든 상황 속에서도 한 가지 분명한 건 로빈을 잃을지도 모른다는 명백한 공포였다. 그러자 떨리던 리타의 몸이 거짓말처럼 잦아들었다. 무릎에 느껴지던 통증마저 사라진 것 같았다. 리타는 자신이 붙잡고 있는 금속 보행기가 정말 필요한지 의심이 들기 시작했다. 내가 정말로 걷지 못했던가? 세상 모든 것이 자신을 기만하기 위한 하나의 쇼처럼 느껴졌다.

"준비됐어요, 리타?"

리타가 고개를 끄덕였다.

"숨길 만한 곳을 알아요."

"설마 이 집 안은 아니겠죠? 천장이나 마룻바닥 같은 고리타분한 생각은 안 돼요. 곧 경찰들이 여기도 찾아올 거예요."

"난 이 도시에서 수십 년을 살았어요."

"좋아요. 아주 좋아요, 리타."

청년은 이번엔 정말 감동한 표정으로 리타의 목을 껴안았다. 리타는 자신이 오래전부터 로빈이 이런 심장이 뛰는 딱딱한 가슴과 무신경할 정도로 과격한 힘으로 가까이 다가와주길 바랐다는 사실을 깨달았다. 그것은 놀랍고도 충격적인 깨달음이었다. 그러나 리타는 여전히 로빈에게 바라는 것이 단 하나도 없다고 믿고 싶었다.

"궁금한 게 있어요."

리타는 목에 매달린 청년을 밀어내며 물었다.

"로빈이 왜 이렇게 된 거예요? 가족도 일도 다 괜찮아진 줄 알았는데, 다 해결되고 아무 문제도 남지 않은 줄 알았는데 왜 이런…… 내가 모르는 문제가 있다면 알려 줘요."

청년은 상황에 어울리지 않게 엄정하고 아름다운 눈동자로 리타를 바라봤다. 리타가 계속 말했다.

"내가 아는 로빈은 이 나라에 붙박이기 위해 최선을 다했어요. 미국은 그 애를 그런 길에 빠지도록 내버려 두면 안 돼요."

"리타, 정말 친절하시네요. 듣던 대로요."

청년이 리타의 성성한 머리와 뺨을 쓰다듬었다. 못 견디게 사랑스럽다는 듯이. 몸서리 처지게 혐오스럽다는 듯이.

"하지만 착각하고 계시네요. 이 모든 건 미국하고 아무 상관없어요. 저는 미국이 어디에 있는 줄도 모르겠어요. 미국이 진짜 있나요?"

"미국은……."

"게다가 로빈은 애초부터 미국인이었어요. 그냥 미국인이라 이렇게 된 거라고요. 다른 이유는 없어요. 설마 아직도 미국인이라는 환상에 빠져 계신 거예요? 제발 눈을 크게 뜨고 똑바로 보자고요. 바로 우리가 미국인이에요. 이게 미국이에요. 로빈은 무엇하고도 싸우고 있지 않아요. 싸움은 할머니가 하고 계시네요. 가엽게도. 왜 늙은이들은 이유와 의미에 집착하는지 모르겠어요. 제가 알기로 사실 그딴 건 없어요. 세상에 없는 이유와 의미를 자꾸 찾다 보니 결국 그걸 만들어 내고 마는 거예요. 어설프고 흉측한 괴물을요. 이 세상을 어지럽게 하는 건 매사에 심각해지는 당신들이라고요."

청년은 고개를 휘휘 저으며 돌아섰다. 그는 방 한구석에 던져 놓은 로빈의 선물이 든 쇼핑백을 가져와 물건을 깊숙이 집어넣고 리타에게 건넸다. 그리고는 그 집의 주인처럼 명령했다.

"자, 이제 멋진 산책을 다녀와요."

어느 순간부터 가는 비가 내리기 시작했다. 날은 푸근했고 거리의 누구도 뛰지 않았기에 리타는 느긋하게 계속 걸었다. 촉촉하게 젖은 나무들과 동글동글한 물방울이 맺힌 유선형의 청회색 금속 벤치들을 보았다. 서두를 이유가 없었기 때문에 리타는 이 화려하고 오래된 도시를 천천히 구경하기로 마음먹었다. 그녀가 두 손으로 꼭 붙들고 앞을 향해 밀고 나가는 금속 보행기는 보도블록에 고인 빗물을 지나며 찰박이는 소리를 냈다. 그녀와 사람들의 발소리도 들렸다. 스니커즈와 가죽구두, 하이힐, 고무장화……. 리타는 서로 다른 발들이 각자의 목적지를 향해, 그래 봐야 맨해튼이나 브루클린 어딘가로 걸어가는 소리를 들었다. 부와 빈곤 사이 어딘가로. 리타가 보는 세계는 그러했다. 그녀는 그렇지 않은 세계를 보는 방법을 알지 못했다.

한참 전에 이미 로빈이 일하는 만둣가게도 지나왔다. 가게는 영업을 하지 않았다. 리타는 가까이 다가가 닫힌 문과 블라인드 쳐진 창을 유심히 들여다 보았지만 범죄나 애도의 흔적은 찾아볼 수 없었다. 리타는 이 도시에서 일어나고 있는 일이 무엇이든 그 무엇도 짐작할 수 없었다. 다만 만둣가게 사장을 기억했다. 그는 왜소한 체격에 좀처럼 표정이 드러나지 않는 전형적인 이민자의 겉모습을 하고 있었다. 하지만 차가워 보이는 외모와 달리 실은 부끄러움이 많은 남자였고 부지런하며 정직했다. 그는 어린 로빈에게 선뜻 일자리를 내어 준 어른이며 매주 정확한 날짜에 급여를 지급하는 사장이었다. 모두 당연한 일들이었지만 리타가 아는 몇 년간 그는 꾸준했다. 리타가 만두를 먹으며 그 남자를 칭찬했을 때 로빈이 물었다.

"가난한 사람들이 왜 좋아요?"

리타는 그렇게 생각해 본 적 없다고, 다만 나에게 진실한 감동을 준 이들이 놀랍게도 언제나 약자들이었다고 대답했다.

"그런 사람들이 복을 받아야 해."

로빈은 가만히 생각해 보다가 말했다.

"하지만 나한테 나쁜 짓을 한 사람들은 다 가난한 사람들이에요. 그리고 나도 가난해요."

리타는 이상한 생기에 휩싸여 익숙하고도 낯선 도시를 거닐었다. 조금도 지치지 않았고 언제까지고 이 복잡한 길들을 활보할 수 있을 것 같았다. 어느 순간 발걸음은 자연스레 제인의 회전목마로 향하고 있었다. 여러 개의 언덕을 넘어야 했던 탓에 거동이 불편해진 이후로는 거의 찾지 않았던 곳이다. 숨이 차 오는 언덕에서 어린 로빈을 만나게 될까 기대하던 마음. 다시 그때의 마음이 되살아났다. 지금 로빈이 어디에 있을까 궁금했고 그 애의 익숙하고 이국적인 얼굴을 다시 보고 싶었다. 그녀가 사랑하며 보호했던 작은 아이. 자신에게 온정을 베푼 선량한 이민자를 찌르고 달아난 미국의 아이. 리타는 그 아이에게 선물할 옷과 물건을 같은 곳에 숨겼다. 이 아름다운 도시 어딘가 그녀만이 아는 장소에. 누구나 쉽게 접근할 수 있고 늘상 지나치지만 아무도 주목하지 않을 만한 기이한 구석에. 리타는 여전히 자신이 로빈을 돕고 있다는 사실에 작게 안도했다. 그 옛날 리타는 무수히 2달러를 건넸지만 아이는 한 번도 회전목마에 오르지 않았다. 리타는 아이가 환한 빛의 왕국으로 들어가 그 안에서 행복하길 바랐지만 정작 아이가 바라지 않았다. 아이는 회전목마 밖에서 뒤의 말이 앞의 말을 결코 따라잡지 못하는 현실을 지켜보고 있었다. 놀라지도 않았다. 상관하지도 않았다. 그리고 어느 순간 회전목마를 거들떠보지도 않았다.

어둠이 내린 저녁의 회전목마는 리타가 기억하는 수년 전과 똑같았다. 비와 강바람에 부식된 흔적도 없었다. 아마도 먼지를 닦아내고 색을 덧칠하며 끝없이 보수했으리라. 회전목마가 유리 전시관에 복원된 수십 년 전과도, 처음 회전목마가 만들어진 100년 전과도 똑같은 모습일 것이다. 이런 종류의 마음, 순수하게 사람을 돕고자 하는 마음은 잘 변하지 않는다. 리타는 자신이 그 마음을 알고 있다고 다시금 생각했다. 목마는 48마리의 말과 두 대의 마차로 이루어져 있고, 그것들은 천천히 완벽한 원을 그리며 제자리를 돈다. 영원히 같은 속도와 리듬으로 돌며 맨해튼과 이스트강의 멋진 두 다리를 보여 준다. 이 도시와 이 나라를 보여 준다. 단돈 2달러에. 회전목마는 건축가 제인의 기부로 지금까지도 이 자리에 남아 있다. 도시의 모든 시민들과 관광객들이 그녀가 남긴 선량함을 기쁘게 누린다. 리타는 그 사실을 알고 있고 자신이 기억하는 이것이 바로 이 나라의 역사라고 다시금 생각했다.

리타의 회전목마

meta메타 作品작품 後記후기 기혁

執筆집필 中중 소설가: 에필로그를 대신하여

藝術예술 人生인생 不盾모순 背信者배신자 信念倫理신념 윤리

既創作기창작 物물 『다음 창문에 가장 알맞은 말을 고르시오』(리께

로북스, 2022)

소설가

명백한 시간과 목적지처럼

앞모습만으로 충분한 진실의 등 뒤에서

우연을 가장해 우리를

막다른 골목으로 이끄는 배신자들

슬픔의 초인종 앞에서조차

번지수를 잘못 찾은 방문객을 흉내낸다

경제적 손실과 잘못 전달된 약도 따위를

염려하면서

정말로 대문을 열지도 모르는

집주인을 두려워하면서

등에 짊어진 고독을 끝끝내 내비치지 않는

인간 애호가들

깊은 밤이 되어서야 입구도 출구도 사라진

문맥 속 어둠을 헤집고 다닌다

우스꽝스러운 몸짓으로 피나는 무르팍을 감춘 채

울고 웃는 육체를 굴리며 피 맛의 유래 따위를 읊어 대는

감성의 거짓말쟁이들

그러나 그들을 보았다는 말 역시 거짓말

문학창작촌에서 늦잠을 자고 일어난 게으름뱅이들은

배신자가 아니다 그저 소개를 위한 구실일 뿐
앞모습만으로 충분한 이 도시에서
뒷모습의 비밀을 상상하던 그들은 여전히
뒷골목 낙서처럼 적혀 있다
갈팡질팡하던 어느 묘비명의 결말이 그러하듯이
원작을 마중 나온 작중인물이 그러하듯이
은하계 너머 외딴 창작실에 드러누운 조물주같이
골치 아픈 뒷정리를 거느린 *직전의 사건*을
간발의 차이로 끼워 넣는다

티라노 세 번 독서
너는 지구에 글 쓰러 오지 않았다

1판 1쇄 펴낸날   2023년 8월 20일

지은이   장희원 김경욱 박생강 황현진 위수정 정지돈 이기호 우다영
펴낸이   김봉재
편집   김진
디자인   기혁
펴낸곳   도서출판 리메로

등록번호   제395-2018-000113
주소   경기도 고양시 덕양구 동송로 30, 101동 1002호
        (동산동, 삼송 더샵 미디어시티)
전화번호   070-8866-4915
전자우편   limerobooks@gmail.com
인스타그램   https://www.instagram.com/limerobooks

ⓒ 장희원 김경욱 박생강 황현진 위수정 정지돈 이기호 우다영, 2023
ISBN 979-11-978781-3-8 04810
ISBN 979-11-978781-0-7 (세트)

· 이 도서는 2023 경기도 우수출판물 제작지원 사업 선정작입니다.